Soul
Mate

꿈에서 만나요

꿈에서
만나요

개정 1쇄 발행 | 2017년 7월 25일
1판 1쇄 발행 | 1994년 8월 15일
지은이 | 무라카미 하루키, 이토이 시게사토
옮긴이 | 양혜윤
펴낸이 | 소준선
펴낸곳 | 도서출판 세시
주소 | 서울시 마포구 용강동 큰우물로 60
전화 | 715-0066
팩스 | 715-0033

ISBN | 978-89-98853-31-0   03830

꿈에서
만나요

무라카미 하루키
이토이 시게사토 지음

양혜윤 옮김

세 시

가끔씩 "이토이 씨와 무라카미 씨가 〈꿈에서 만나요(원제 夢で合いましょう)라는 대담집을 내셨지요?"라는 얘기를 듣는데 이는 오해입니다. 〈꿈에서 만나요〉는 대담집이 아닙니다. "그렇다면 대체 뭡니까?"라고 묻는다면 저도 뭐라 꼭 집어 대답할 수 없습니다. 〈꿈에서 만나요〉는 단편집도 아니고, 에세이집도 아닙니다. 그렇다고 해서 잡다한 원고의 모음이냐 하면 이도 아닙니다. 굳이 말하자면 이상한 책이랄 수 있지요.

생각해 보면 이것은 시작부터 매우 특이한 책이었습니다. 외래어를 죽 늘어놓고 그에 대해 저(무라카미)와 이토이 씨 둘이서 돌아가면서 이야기하는 에세이 같은 것을 만들다니…. 지금 생각해 보면 상당히 독특하다고 할까, 용감하다고 할까? 어쨌든 이해하기 힘든 발상입니다. 애초에 왜 외래어로 했는지도 수수께끼였습니다.

그러나 세상에는 '어떻게 굴러가기'라는 거대한 지하 발전소가 있어서 그 덕분에 본서는 완성되었고 밝은 빛을 보게 되었습니다. 그리고 결과적으로는 '매우 재미있다'고 생각하는데 어떻습니까?

저는 이토이 시게사토 씨와 50대 50으로 이런 일을 할 수 있다는 사실만으로도 매우 즐거운 작업이었습니다.

〈꿈에서 만나요〉라는 타이틀은 이토이 씨가 지은 제목으로 정확한 의미는 저도 잘 모르지만, '자기 전에 읽으세요.'라는 의미일지도 모릅니다. 혹은 나와 이토이 씨가 꿈에서 만나자는 것일지도 모르지요. 어찌됐든 타이틀에서 콘셉트까지 매우 독특한 책입니다. 각 문장의 뒤에 있는 ⓘ는 이토이, ⓜ은 무라카미의 약자입니다. 일일이 보지 않아도 아마 알아보실 거라 생각합니다만.

무라카미 하루키

아이젠하워
Eisenhower
혹은 전후사 속의 1958년의 위치

1998년 9월 26일 저녁 무렵, 소니 롤린즈는 해가 뉘엿뉘엿 지는 브루클린 다리 위에서 혼자 테너 색소폰의 음계 연습에 한창이었다.

"저기요, 아저씨. 지금 뭐 하고 있어요?"

지나가는 남자 아이가 소니 롤린즈에게 물었다.

"원자 괴물과 싸우고 있는 거야."

소니 롤린즈가 답했다.

"거짓말하지 마세요!"

남자 아이가 말했다.

바로 그 무렵 아이젠하워 대통령은 군대를 이끌고 뉴멕시코의 사막 한가운데서 네 개의 거대한 가위가 달린 징그러운 진짜

원자 괴물과 장렬한 사투를 벌이고 있었다.

"대통령 각하, 이대로 있다가는 지구가 파괴되어 버리고 맙니다. 우리의 무기로는 저 녀석과 절대 맞설 수 없습니다."

국무장관이 초췌한 목소리로 전황을 전했다.

"신이시여, 용소하소서. 우리는 만들어서는 안 될 것을 이 세상에 내놓았습니다."

대통령은 중얼거렸다.

저벅저벅, 원자 괴물은 거침없이 전진해 탱크와 포병 군대를 짓밟아버렸다.

"그런데 도넛 아직 안 됐어요?"

아홉 살의 나는 부엌에 있는 엄마의 등을 향해 큰 소리로 물었다. __ⓜ

assistant

어시스턴트는 선생님이 나중에 먹으려고 남겨둔 양과자를 사전에 양해 없이 먹어서는 안 된다.

어시스턴트는 선생님을 만나러 온 여성 고객을 아름답다는 이유만으로 그녀를 사무실로 들여보내지 않으려고 꾀를 내서도 안 된다.

어시스턴트는 차를 넣을 때 선생님에게는 여러 번 우려낸 찻잎을 넣고 자신을 위해서는 첫 번째 찻잎을 넣는 차별을 해서도 안 된다.

어시스턴트는 선생님과 이야기할 때 대화 첫 머리에 '있잖아요'를 붙여서도 안 된다.

어시스턴트는 선생님보다 많은 급료를 받고 싶어 하거나 선생님보다 좋은 의자에 앉고 싶어 해서도 안 된다.

어시스턴트는 명함에 멋대로 '사장'이라는 문구를 인쇄해서도 안 된다.

이래서 나는 앞으로도 영원히 어시스턴트를 할 생각이 없다.

— ①

아스파라거스

asparagus

하필이면 우리는 아스파라거스의 밭 한가운데에서 길을 잃어 버렸다.

정오가 지날 무렵에는 다음 마을에 도착할 예정으로 아침 일찍 걷기 시작했지만 문득 정신을 차려보니, 우리는 광대한 아스파라거스의 밭 한가운데에 서 있었고, 태양은 이미 서쪽으로 기울어져 있었다. 멀리서 불어오는 바람에는 차가운 냉기가 섞여 주위에는 기분 나쁜 아스파라거스의 향이 진동하기 시작했다.

나는 배낭에서 나침반과 지도를 꺼내 현재의 위치를 알아내려고 했지만, 결국 뭐가 어떻게 된 건지 확실히 알 수 없었다. 이런 곳에 아스파라거스 밭이 있다고는 어디에도 쓰여 있지 않았다.

"어쨌든 근처에 마을이 있는지 찾아보자. 바른 방향만 알아내면 어떻게 해서라도 밭을 빠져나갈 수 있을 테니까.”

몸이 가장 가벼운 남동생이 높다란 아스파라거스의 거목 위로 쭉쭉 올라가 원숭이처럼 한 손으로 나무줄기에 매달린 채 주위를 둘러보았다.

“모르겠어. 아무것도 안 보여. 희미한 불빛 하나 보이질 않아.”

동생은 고개를 저으며 말했다.

“어떻게 하지, 오빠?”

여동생이 당장이라도 울음을 터뜨릴 듯한 목소리로 말했다.

“괜찮아. 걱정하지 않아도 돼.”

나는 여동생의 어깨를 두드리며 말했다.

“너희들은 가서 장작을 가득 주워오는 거야. 하룻밤 동안 모닥불을 피울 수 있을 정도로. 나는 그 사이에 주위에 도랑을 팔게.”

동생들은 나의 지시로 몸의 홍역을 피하기 위해 수건으로 코와 입을 막은 채 열심히 아스파라거스의 마른 나뭇가지를 모았다. 그리고 나는 삽으로 1미터 정도 깊이의 도랑을 팠다. 물이 없는 깊이 1미터의 도랑 따위 임기응변에 지나지 않지만, 그래도 아무 것도 없는 것보단 낫다. 특히 겁먹은 동생들을 안심시키는데 조금이나마 도움이 된다.

보름달이 하늘 위로 떠올라 그 빛이 아스파라거스의 뿌리가 뿜어내는 뽀얗게 흐린 숨을 파랗게 물들였다. 미처 도망가지 못한 몇 마리의 새가 지면에 떨어져 괴로운 듯이 날개를 퍼덕이고 있었다. 이제 ―달이 하늘 정상에 비출 때쯤이면― 그들은 아스파라거스의 촉수에 감겨 버릴 것이다. 하필이면 오늘이 보름달인 것이다.

"몸을 더 낮게 해서 머리를 가스 밑으로 묻어야 돼. 절대 잠들면 안 돼. 잠들면 촉수가 뻗어 올 거야."

나는 동생들에게 말했다.

긴 밤이 시작되려 하고 있었다. _ ⓜ

아파트
apartment

오다카 요시로는 『나는 어떻게 해서 과장이 되었나』라는 책을 썼다. 하지만 안타깝게도 그의 처녀작은 동료 오야마 다카오의 『부장이 되기 위해서는 이렇게 해라』라는 책의 발매 직후에 발행되었기 때문에 그다지 좋은 성과를 보이지 못했다.

오다카의 아내 무츠코는 낙담한 남편을 어떻게든 예전의 밝은 모습으로 되돌려놓기 위해 친정에서 어머니와 올케를 불렀다.

그를 도울 사람이 더 필요했다.

결혼하면서 야마모토라는 성 대신 오다카란 성을 갖게 된 구 야마모토 무츠코와 결혼하면서 새로 야마모토란 성을 갖게 된 신 야마모토 올케, 그리고 이미 오래 전에 야마모토란 성을 갖게 된 오래된 야마모토 어머니. 이 세 명의 야마모토는 오다카가 쓴 저서의 '과' 라는 글자 위에 '사' 라는 스티커를 붙였다.

구 야마오토이자 현재 오다카 요시로의 아내는 뭐든지 포기하지 않고 끝까지 해내는 열정적인 여자였다.

어머니와 올케가 야마모토가의 집으로 돌아가기 위해 신칸센의 표를 준비해 주길 바란다고 조심스럽게 이야기를 꺼낸 것은 스티커 붙이는 작업을 한지 50시간에 달할 즈음이었다.

그러나 무츠코는 결의에 찬 목소리로 눈을 부릅뜨고 말했다.

"나는 오다카 가문의 사람이에요."

그리고는 두 사람의 배웅도 하지 않고 스티커 붙이는 작업을 계속했다.

이 작업은 12년 이상이나 계속되었다.

수정이 끝난 것들은 순서대로 내다 팔았으면 더 좋았겠지만, 만약 책이 다 팔리면 바로 보충할 수 없을 것 같았다.

초판 발행 3천 권이 전부 '과' 자가 '사' 자로 변경되고, 안쪽의 발행연월일의 수정만 끝나면 금방이라도 서점에 진열될 수 있게 된 날 오다카 무츠코는 오랜 기간 동안 같이해 온 남편의 저서를 다시 읽고 감동의 눈물을 흘렸다.

오다카 요시로는 욕실에 들어가 있었지만, 아내의 흐느껴 우는 소리를 듣고 몸이 젖은 채로 뛰어 나왔다. 오다카는 이미 부장의 직함을 갖고 있었다. 허리에 젖은 타월을 감은 나체의 중년 남자와 그의 아내는 매우 불안정한 자세로 서로 끌어안고 울었다.

오다카에게는 딱 한 가지 아내에게 비밀이 있었다. 평소 잘 알고 지내는 인쇄회사에 부탁해서 『아파트 경영으로 성공한 다!』라는 두 번째 작품을 인쇄하기 시작한 것이다.

그러나 숙적 오야마 다카오가 『맨션경영으로 이만큼 벌었 다!』를 출판한 것이 바로 어제의 일이었다.

차마 '아파트' 위에 '단독 주택'이란 스티커를 붙인다는 얘기 는 목에 칼이 들어와도 할 수 없다. 오다카는 곱슬거리는 파마 로 뻣뻣해진 아내의 머리를 부드럽게 쓰다듬으며 눈물을 뚝뚝 흘렸다.

무츠코는 남편의 손길에서 오랜만에 따뜻한 애정이 전해져 오는 것을 느끼고는 울면서 몸을 조심조심 움직여 스커트를 벗 었다. ⓘ

아르바이트
arbeit

건장한 체격의 불량스러운 한 청년이 있었다.

청년의 아버지는 슬롯머신 업소의 경품교환소에서 우연히 알게 된 노인에게 자기 아들의 성욕을 팔아버렸다.

대가로 받은 선물은 마일드 세븐 두 보루, 구운 김 한 캔, 벽에 부딪히면 자동으로 방향이 바뀌는 전지로 움직이는 자동차와 그레이프 푸르츠 두 개, 홋카이도의 초원을 힘차게 달리는 증기기관차의 일러스트가 인쇄된 손잡이가 달린 비닐 주머니였다. 마지막 주머니는 청년의 아버지가 특별히 요구한 것이 아니었다.

"인심이 후한 사람이네."

청년의 아버지는 감동했다. 노인은 앞서 얘기한 수많은 경품을 청년의 아버지에게 주고도 아직도 다케시타 케이코의 최신

앨범과 던힐 모형의 가스라이터, 깡통에 든 감 씨, 그리고 골드 브랜드의 네스카페와 각설탕을 갖고 있었다.

아버지의 눈에 아들의 성욕은 구운 김 한 캔 정도의 가치였다. 그 외에 받은 물건들은 노인이 더 많은 대가를 바라기 위해 일부러 선심을 베푼 것이 아닌지 의심했지만, 노인이 액체 비누로 깨끗하게 손을 씻고 계단을 오르는 모습을 보고 안심했다.

노인보다 많은 구슬을 터뜨리는 녀석들도 있었다. 그러나 품격이나 기품이라는 의미에서 모두 그 노인보다 떨어져 보였다. 그저 구슬을 많이 모아 자신의 사리사욕을 위해 경품과 교환하는 녀석은 뭔가 인생철학에 결함이 있다. 아들의 아버지는 그런 것에 대해 진지하게 생각해보려 했지만, 한참 생각하다 보니 머리가 아파와 그저 '흐음' 이라고 감탄하며 미소를 지었다.

청년은 아버지가 자신의 성욕이 팔려버린 사실을 알아차리지 못했다. 그 날부터 벌써 일주일이나 지났는데도.

아들의 모습에 전혀 변화가 없자 아버지는 오히려 걱정되기 시작했다.

그리고 어물쩍 빙 돌려서 아들에게 그 문제에 대해 물었다.

"키요미는 그런 여자가 아니야!"

아들은 질문의 의미를 잘 이해하지 못했는지 큰소리를 지르며 재떨이를 텔레비전에 던졌다.

이 집에 이사 온 지 벌써 4년이 되었지만, 지금 들린 아들의

외침과 브라운관이 폭발하는 음향이 이 집에서 일어난 '큰소리 베스트 텐'의 1위를 차지할 것은 두말할 나위가 없었다.

그 소리가 어찌나 컸는지 가출한 아들의 어머니가 소리를 듣고 돌아왔다. 생후 몇 개월 안 되어 보이는 아기를 안고 있는 것이 다소 신경이 쓰였지만 아버지는 그녀를 따뜻하게 맞이했다.

그리고 일주일이 지난 후 어머니는 건장하고 불량스러운 아들에게 성욕에 대해 물었다.

"어머니는 대체 무슨 말이 하고 싶은 거예요!"

다시 아들이 소리쳤지만 이 소리는 처음만큼 대단하지 않았다. 물건도 던지지 않았다.

아버지는 어머니에게 그 얘기를 듣고 '그 할아버지를 다시 한번 찾아가 집안의 성욕을 모두 팔아버려야겠군.'이라고 생각했다. _ ⓘ

알레르기

allergie

저에게는 *심각한 알레르기가 있었습니다.*

의사들도 이렇게 증상이 심한 여성 알레르기를 갖고 어떻게 어머니의 뱃속에서 10개월 가까이 있었는지 도저히 믿을 수 없다고 얘기할 정도였지요.

저에게는 저를 중심으로 하는 반경 2미터의 원이 있습니다. 그 원 안에 여성이 들어오면 온몸에 두드러기가 생깁니다. 눈물샘이 부어오르면서 눈은 충혈되고, 눈물이 줄줄 흐릅니다. 온몸이 간지러워서 손톱을 세워 긁다보면 결국 손톱의 흔적이 빨갛게 부어올라 마치 조각칼로 새긴 부조 같습니다. 서로 다른 방향으로 두 번, 세 번 긁은 부분이 그물망처럼 된 곳도 있습니다.

머리도 쥐어뜯습니다. 머리카락을 있는 힘껏 당겨 가려움을 막으려는 거지요. 덕분에 머리카락도 한 움큼씩 빠졌습니다.

재채기가 나오고 콧물이 흐릅니다. 기도가 부어올라 숨쉬기조차 힘들어집니다. 한 번씩 큰맘 먹고 숨을 들이마셨다 뱉었다 하지만 그럴 때마다 휘휘, 하고 피리를 부는 듯한 소리가 납니다.

2미터의 원에 여성이 다가오기만 해도 재채기가 계속 나오기 때문에 이것을 경보음으로 저는 얼른 몸을 피합니다.

하지만 이런 모든 것이 지금의 저에게는 단순한 추억이 되었습니다. 이제 여성 알레르기는 완치되었기 때문입니다.

원래부터 저는 여자를 좋아합니다. 그래서 더욱 열심히 치료에 전념할 수 있었지요.

독자 여러분들 중에도 저처럼 여성 알레르기로 고민하는 분이 분명 있을 거라고 생각합니다. 그런 분들의 행복을 기원하며, 오늘은 제가 어떻게 그토록 심한 알레르기를 극복했는지 가르쳐 드리려고 합니다.

원리는 매우 간단합니다. 술을 마시지 못하는 사람은 매일 홀짝홀짝 술을 마시면서 체내에 항체를 만들어가지요? 그것과 마찬가지입니다.

저는 먼저 냄새부터 시작했습니다. 처음에는 여성의 체취가 불어오는 곳에 서 있는 것이 한계였습니다. 그러다 친구에게 부탁해 여성의 등 뒤에서 선풍기를 돌려 좀 더 강한 냄새를 보내도록 했습니다. 이 과정을 극복한 저는 더욱 대담한 도전을 향해 한 발 나아갔습니다.

여성의 체취가 나는 공기를 비닐봉지에 담아 그 봉투의 입구에 코와 입을 대고 흠흠, 들이마시는 연습을 시작했습니다. 불량소년들이 시너를 들이마시는 것과 같은 방법입니다. 처음 시도한 날은 한 모금을 들이마시자마자 바로 정신을 잃었습니다. 하지만 이렇게 물러설 수는 없다고 나약해지는 스스로를 달래가며 다음날도, 또 다음날도 도전했습니다.

이런 훈련은 한 달 정도 계속되었습니다. 그리고 최종 단계에 돌입했을 때에는 이미 수 밀리미터까지 접촉할 수 있을 정도로 가까워져 킁킁대며 코를 들이밀어 맡을 정도가 되었습니다. 여성의 스커트 안쪽까지 얼굴을 집어넣을 수 있게 될 만큼 노력의 보람이 있었지요.

그러나 냄새에 관해서는 자신이 생겼지만 접촉에 대해서는 아직도 넘어야 할 산이 많이 남아 있었습니다.

우선 햇볕에 너무 익어서 껍질이 벗겨진 피부를 새끼손가락만큼 얻어와 제 몸의 여기저기에 대는 것부터 시작했습니다. 역시 처음에는 피부에 닿기만 해도 발진이 일어나서 가렵고 토할 것 같았지만, 저는 냄새를 극복한 경험을 떠올리며 두려워하지 않고 끊임없이 시도하며 자신감을 키워갔습니다.

이윽고 손을 잡을 수 있게 되고, 옷을 입고 끌어안게 되고, 맨몸으로 끌어안을 수 있을 정도가 되면서 나중에는 여성 없이는 지낼 수 없을 것 같더군요.

　결국에는 여성들이 저를 혐오하면서 많은 여성들이 저에게 알레르기 증상을 일으키게 되었지요. 제가 2미터 이내에 접근하면 경찰을 부를 정도로. ＿　①

앙코르

encore

좀스러움과 탐욕, 빈곤성과 합리주의.

이런 여러 가지 잘못된 생각에 이끌려 오른손과 왼손을 격하게 부딪치며 소리를 내는 사람이 있다.

특히 콘서트 회장 같은 곳에 많다.

한 사람 한 사람의 힘은 적지만, 그것이 많이 모이면 대음향이 된다.

자신이 내고 있는 소리가 대음향을 만들고 있다는 것을 알아차리면 잘못된 생각을 갖고 있는 사람은 완전히 자신감을 가져버린다. 많은 동료들이 있으니까 잘못된 생각이 올바른 것처럼 여겨지는 것이다.

이쯤 되면 대음향은 협박을 목적으로 왜곡되기 시작한다. 사채업자가 돈다발을 두드리며 상대를 두려움에 떨게 만드는 것과 똑같다.

'앙코르!', '돈 받은 값은 해야지', '비싸게 굴지 말고 빨리 나와' 등의 야비한 발언이 넘나든다.

나는 이런 사태를 보면 무섭다.

그러나 나 역시 앙코르를 보고 싶기 때문에 '돈 물어내' 그룹의 사람들과 함께 손을 두드리고는 한다.

지난번에 아는 사람의 콘서트가 있어서 갔다가 오랜만에 앙코르를 하지 않는 공연을 만났다.

역시 그치지 않는 박수 소리가 계속 되자, 멤버 중 한 명이 뛰어나왔다.

"이제 더는 안 할 거니까 알아서들 놀아!"

그는 마이크에 대고 소리쳤다. 순식간에 협박하는 사람은 뒤바뀌었고, 우리는 원래의 청중으로 돌아와 줄줄이 집으로 돌아가기 시작했다.

한 사람 한 사람씩 보면 나쁜 사람이 없는데도, 어느새 모두 잘못된 생각에 동요되어 버리고 맙니다.

어쨌든 놀이에 '등가교환' 따위를 요구하는 사고방식은 하루빨리 사라졌으면 좋겠다. 이런 얘기를 한다면 나는 뮤지션이 될 수 없을까? __ ⓘ

안티테제
antithese

　메뉴판의 〈오늘 저녁의 스페셜〉이란 코너에서 나는 안
티테제의 요리를 발견했다. '노르망디산 신선한 안티테제와 갈
릭 소스' 였다.

　"이 안티테제 말인데요. 정말 그렇게 신선합니까?"

　나는 메뉴를 바라보며 점장에게 질문했다.

　"그럼요, 물론입니다."

　점장은 그런 것을 묻는 것 자체가 의외라는 목소리로 답했다.

　"저희들은 이래봬도 30년 이상 가게를 계속해오면서 메뉴의
문구로 손님을 실망시킨 적은 단 한 번도 없습니다. 저희가 '오
늘은 월요일입니다' 라고 얘기할 때에는 100퍼센트 월요일이듯
저희가 '오늘의 안티테제는 신선합니다' 라고 말할 때 그것은
100퍼센트 신선한 것입니다. 문자 그대로 갓 잡아 온 것으로 힘

차게 팔딱거리고 있습니다. 지금이라도 달려들어 물 듯한 기세지요."

"이거 정말 실례했네요. 요즘 신선한 안티테제 자체가 드물다 보니, 의심이 생겨서요."

점장 역시 그도 그럴 것이란 듯 내가 말할 때마다 눈을 가늘게 뜨고 고개를 끄덕였다.

"손님이 말씀하신 대로입니다. 확실히 근래 들어 십여 년 동안 신선하고 큰 안티테제가 잡히지 않아 대부분의 가게들이 냉동으로 들여온 인도산 안티테제로 손님들을 속이고 있습니다. 그러나 인도산이라니요. 그건 도저히 안티테제라는 이름을 붙이기도 아까운 것들입니다. 퍽퍽하고 씁쓸한 맛이 품격이라곤 없습니다."

"확실히 그렇지요."

"그러나."

매니저는 나의 말을 뒷받침하며 이어갔다.

"안심하십시오. 저희는 진짜 안티테제만 취급합니다. 오늘밤의 안티테제는 일 년에 한 번 나올까 말까 한 특품입니다. 가격은 약간 비싸지만, 드셔보면 절대 후회하지 않으실 겁니다. 얇은 껍질을 살짝 벗기고 칼집을 넣어 안티테제 본래의 꼬들꼬들함을 남겨두고, 그 위에 화상을 입을 정도로 뜨거운 갈릭 소스를 얹었습니다. 얇은 껍질은 기름에 바삭하게 튀겨 샐러드와 함께 드시게 됩니다."

"그럼, 그걸로 하지요. 안티테제에 잘 맞는 쌉쌀한 화이트 와인과 함께."

가격이 지나치게 높다는 생각이 들었지만, 어쩔 수 없다. 진짜 안티테제라니 언제 다시 보게 될지 알 수 없기 때문이다. ＿

ⓜ

인터뷰

interview

　*5*월 *12*일. 하라주쿠 라포래 안에 있는 시세이도 파라. 젊은 여성 인터뷰어가 30분이나 지각했다.

　"저, 그럼 오늘은 무라카미 씨가 매일 어떤 것을 드시고 계신 지에 대해 취재하고자 합니다. 먼저 아침부터."

　"우선 아침은⋯⋯."

　"어머, 죄송해요. 테이프의 볼륨 높이는 것을 잊어버렸네. 이 제 시작하세요. 죄송합니다."

　"우선 아침은 야채를⋯⋯."

　"아, 맞다, 아침에는 몇 시에 일어나세요?"

　"다섯 시에 일어납니다. 그리고⋯⋯."

　"다섯 시? 아침 다섯 시요?"

　"지금 아침 이야기를 하고 있는 거 아닙니까?"

"그거야 그렇지만……. 그런데 아침 다섯 시에 일어나서 뭘 하세요?"

"조깅을 합니다. 특별히 속옷 도둑질을 하는 것도 아니니까."

"하하하, 그럼 밤에는 몇 시쯤 주무시나요?"

"9시 반이나 10시 쯤. 그런데 원래 식사이야기 아닌가요? 미안하지만, 기다리는 사람이 있어서 시간이 별로 없습니다."

"맞다. 정말 죄송해요."

"아침은 조깅이 끝나고 6시쯤 먹습니다. 신선한 야채 한 접시와 롤빵 하나, 커피 두 잔, 계란프라이."

"건강식이네요."

"저희 동네 야채가 싼 편이기 때문에."

(이때 커피가 나왔다.) 달그락달그락…….

"그리고 이것저것 하다보면 점심이 되겠네요?"

"그렇지요."

"점심에는 어떤 것을 드시나요?"

"점심에는 대체로…그런데, 이 테이프 바늘이 움직이질 않는 것 같은데요?"

"어머, 어머! 진짜네. 웬일이니."

철컥, 철컥, 철컥.

"스위치가 켜지지 않았네요. 여기가 OFF로 되어 있어요."

"아아, 분명히 켠 것 같았는데."

"어떻게 할까요? 다시 한 번 얘기할까요?"

"아니요, 괜찮아요. 제대로 기억하고 있으니까. 아침 다섯 시에 일어나서 조깅, 샐러드 한 접시와 롤빵 한 개, 햄에그 맞지요?"

"계란프라이."

"아, 맞다. 계란프라이."

"그리고 커피 두 잔."

"커피 두 잔."

"기억할 수 있겠어요?"

"문제없어요. 제가 기억력 하나는 끝내주거든요."

【기사】

　무라카미 씨의 아침은 일찍 시작된다. 기상 시간은 새벽 다섯 시, 그리고 조깅. "뭐, 속옷도둑놈 같은 거지요, 하하하."라며 본인은 부끄러워한다. 메뉴는 샐러드와 햄에그, 그리고 물론 캔 맥주가 2개 ······ ⓜ

인디언
i n d i a n

그 친구는 정말 많은 돈을 벌고 있다. 도대체 얼마나 벌고 있는지 본인조차 알 수 없을 정도다. 그는 몇 개의 회사를 갖고 있는데, 각 회사들이 마치 질투심이 많은 다족동물처럼 서로 확실하게 연결되어 있다. 즉 A회사는 B회사에서 돈을 빌리고, B회사는 C회사를 착취하고, C회사는 D회사를 교묘하게 속이는 방식이다. 그래서 그의 회사 조직이 얼마만큼의 수익을 올리고 있는지 본인조차 알 수 없는 것이다.

일주일에 한 번 잉크가 떨어진 만년필처럼 혈색 없는 얼굴의 회계사가 와서 타닥타닥 계산기를 두드리고는, 가는 볼펜으로 숫자를 써 넣어 만든 훌륭한 꺾은선 그래프를 보여주며 그에게 영업성적을 설명한다.

"이 돈을 저쪽으로 옮깁니다."

회계사가 말했다.

"음."

그가 말했다.

"이것은 물론 명목상의 돈입니다."

"음."

"그러나 명목상이라고 해도 돈을 움직였기 때문에 세금 문제가 발생합니다."

"음."

"하지만 움직이지 않으면 작년의 수익과 금년도 수익이 너무 차이가 나서 부자연스러워집니다."

"음."

"그러니까 돈을 움직이면서 동시에 명목상의 손익을 계산합니다."

"음."

이와 같은 식이다. 마치 나뭇가지를 가지고 숲에서 나무를 두드리며 돌아다니는 것과 같다. 나중에는 어떤 나무를 두드렸는지, 어떤 나무를 두드리지 않았는지 알 수 없게 되어 버린다.

그럼에도 그는 돈을 벌고 있다.

어떻게 그가 그렇게 부자가 되었는지는 아무도 모른다. 전혀 눈에 띠지 않는 녀석이었고, 성적도 굳이 따지자면 나쁜 쪽이었다. 선견지명이 있다거나 기민한 구석도 없었다. 성격이 좋은 것도 아니다. 성격 따위는 거의 없는 것과 마찬가지다.

　그래서 그가 부자가 되었다고 들었을 때 어느 누구도 진짜라고 생각하지 않았다. 그것은 아무리 생각해도 그저 질 나쁜 농담이었다.

　"거짓말!"

　한 친구가 말했다.

　"그 녀석이 부자가 됐다면 나는 진작 하늘을 날았겠다."

　하지만 사실은 사실이었다. 그는 우리들 중 누구보다 아니, 우리들의 수익을 모두 합친 것보다 많은 돈을 벌고 있다.

　"나는 옛날에 희극조의 서부극을 본 적이 있어."

　어느 날 그 부자 친구가 말했다.

　"그게 어떤 내용이었냐면, 기차가 인디언에게 쫓기는 거야. 그래서 열심히 석탄을 태우며 달리지. 그런데 석탄을 반 이상 떨어뜨려서 도중에 연료가 다 떨어져 버렸어."

　"흐응."

　나와 그는 어딘가의 호텔 바에서 몇 년 만에 우연히 만났다. 나는 누군가의(누구였더라?) 결혼식을, 그는 회사의 파티를 끝내고 돌아가는 길이었다.

　"석탄이 떨어지자 좌석과 천장을 뜯어서 가마 속으로 집어 던졌어. 좌석과 천장을 전부 태워 버리고, 다음은 옷을 벗어서 태우지."

"그렇군."

"즉… 이건 슬랩스틱이야. 이해하지?"

"이해해."

"그래서 옷도 모두 태워버렸어. 나중에는 더 이상 아무것도 남아 있지 않지. 하지만 인디언은 아직도 쫓아오고 있어. 절체절명의 순간이지."

"그렇겠네."

"그러나 아직 딱 한 가지 물건이 남아 있어. 돈. 열차에는 군인들에게 급료로 주기 위한 돈다발이 빽빽하게 쌓여 있었어. 산타클로스 자루로 다섯 개 정도나 되는 돈다발이야."

"그걸 태우나?"

그는 무표정으로 끄덕였다.

"목숨보다 소중할 수는 없으니까."

"그야 그렇지."

"하지만 뭐 그거야 어떻게 되든 괜찮아. 어차피 그냥 영화일 뿐이니까."

그가 담배를 입에 물자 바텐더가 바로 라이터로 불을 붙여주었다.

"문제는 태우는 방법이야."

"어떻게 하는데?"

"돈다발을 삽으로 퍼서 가마로 집어 던져. 산더미처럼 퍼서 그것을 불 속으로 집어 던지는 거야. 그런 광경을 상상해 봐. 불은 어찌 되든 좋으니까, 삽의 움직임을."

"했어."

"어떤 기분이 들어?"

"아무 기분도 안 드는데."

그가 비어버린 유리잔을 10센티미터 정도 앞으로 내밀자 20초 후에는 새로운 술이 든 새 글라스가 쨍하고 기분 좋은 소리를 내며 놓였다.

"연 수입은 얼마야?"

그가 나에게 물었다.

나는 정직한 숫자를 그에게 알렸다.

"세금을 떼기 전, 아니면 뗀 후에?"

"떼기 전."

나는 말했다.

"정말 그게 다야?"

"그래."

나는 대답했다. 거리낌 없는 질문이었지만 이상하게 싫은 기분은 들지 않았다.

"너 그래도 작가잖아?"

"세무서의 분류상으론 그렇게 되어 있지."

"그런데 수입이 그것 밖에 안 돼?"

"경제효율이 엄청나게 나쁜 직업이지."

"그런 것 같네."

그는 귀찮은 듯이 말했다. 마치 골프의 싱글 플레이어가 왕초보와 한 팀이 되어 플레이를 할 때의 표정이었다. 나는 왠지 미안한 기분이 들었다.

"삽으로 돈을 퍼내는 것이 어떤 건지 나는 이제 알 것 같은 기분이 들어."

부자 친구가 말했다.

"어떤 기분?"

"인디언이 쫓아오는 기분." _ ⓜ

인테리어는 분명 『친구 사귀는 법』안에 등장하는 항목이다.

고양이 발 테이블도, 이탈리아제 모던 디자인의 책장도, 술에 잔뜩 취해 취기로 집어온 '공사중' 깃발도, 모르는 척 일부러 어려운 제목의 책만 보기 쉽게 정리해 놓은 책장도, 혹은 귀여워서 라든가 어떻게든 이유를 붙여서 벽에 꽂아 놓은 작은 팬츠도 모두 자신 이외의 누군가를 위해 존재하는 것이다.

인테리어는 말의 배경이 되어 조용히 방어 자세를 갖춘 채 주인의 설명 중 충분치 못한 표현을 보충해 준다.

손님은 방을 빙 둘러보고 이 방의 주인이 무엇을 생각하고 있는지 친절하게 혹은 짓궂게 추리한다. 주인 역시 이것을 알고 있기 때문에 손님이 조용히 인테리어를 보고 있으면 잠시 말을 멈추고 침묵을 만들기도 한다.

"좋은 방이네."

"싼 것들 뿐인데……."

"너다워서 귀여워."

"아, 이것 봐봐. 이 커튼 무늬 잘 보면 다람쥐가 밤을 들고 있어."

"와, 진짜네. 이 다람쥐 너랑 닮았다."

"무슨. 어머, 거긴 안 돼. 아이, 정말."

이런 식으로 인테리어는 말을 보충하는 교제의 수단이다.

아무도 오지 않는 방에 다람쥐 커튼을 걸거나 화분을 사다 두고 혼자 바라보는 사람도 가끔은 있을 수도 있지만 그것은 일기를 쓰는 행위 같은 것으로, 교제와 관계없는 인테리어가 있다고 해도 이상하지는 않다.

"나는 빨간색을 좋아해서 방 안 전체의 인테리어를 빨강으로 통일했어."

가끔 이런 말을 하는 사람도 있지만, 그건 매일 시끄러운 파티를 하는 것과 마찬가지로 아주 사교적인 사람일지라도 좀처럼 소화하기 힘든 스타일이다.

내가 현재 흥미를 갖고 있는 것은 불단(佛壇)의 인테리어는 어느 정도가 한계일까 이다. ＿ ①

서부해안
west coast

Soul Mate

만개한 벚꽃나무 아래에 서면 누구라도 바보처럼 보인다. 서부 해안에서 기념사진을 찍으면 누구의 얼굴이라도 좀 전까지 "예에!"라며 신나게 놀다 온 것처럼 보이지만 그것은 보는 사람의 단순한 오해인 경우가 많다.

미국의 서부 해안이라고 하면 움직이고 있는 사람 모두가 밝고 명랑한 연기를 하고 있는 것처럼 생각하기 쉽지만 그곳에도 역시 우울한 연기를 하는 사람도 살고 있을 것이다.

지금 서부 해안이라는 타이틀로 무언가를 쓰려고 하니 왠지 모르게 머리 위에 만개한 벚꽃이 피어 있는 것 같아서 안정이 되질 않는다. ＿ ⓘ

etiquette

에티켓 학원에 다닐 때의 너는 무척 귀여웠어.

소리를 내지 않고 스프를 먹고, 소리를 내지 않고 피아노를 쳤어.

너의 겸양은 바다보다도 깊었어.

밥을 먹고 난 후 너의 젓가락은 앞의 2밀리미터만 더러워져 있었지. 생선을 먹은 후에 남은 뼈는 표본으로 삼고 싶을 정도로 아름다웠어.

브래지어는 가슴 전체를 확실하게 덮고 있었고, 팬티의 고무 자국은 배꼽 위를 통과하고 있었어.

입 냄새도 없고, 머리는 단정하게 빗질되어 윤기가 흐르고, 희미한 비누 냄새가 몸 전체에서 풍겨났었지.

어째서 에티켓 학원을 그만 두었니.

에티켓 따위 아무 쓸모없다고 말한 건 나였지만, 넌 언제나 그렇지 않다고 나에게 타일러 주었잖아.

난 이제 아침, 점심, 저녁 하루에 세 번 3분씩 이도 닦고 있어.

좋은 아침, 좋은 꿈 꿔 같은 인사도 밝고 건강한 목소리로 말할 수 있게 되었어.

텔레비전을 보면서 식사를 하는 것도 그만 두었고, 밖에서 돌아오면 반드시 손부터 씻어.

내가 이런 생각을 하는 게 실례일지 모르지만 너에게 나쁜 귀신이라도 붙은 것은 아닐까 걱정이야.

네가 전화로 누군가와 이야기 하는 것을, 그럴 생각은 없었는데 우연히 듣게 되었어.

B까지라면 괜찮다니, 무슨 의미야? B라니 설마 키스를 얘기하는 건 아니지? 이상한 상상을 해서 미안해.

네가 돌아오면 다시 천천히 얘기하자.

그럼, 난 어쨌든 회사에 다녀올게.

7시 30분 아빠가. ＿ ⓘ

엘리트

elite

내가 이번에 선을 본 상대는 엘리트였습니다.

물론 최종학력은 '동경대학 졸업' 입니다.

"변변치 않은 학교를 나와서요."

본인은 그렇게 말했지만 넌지시 손끝으로 은행나무 모양의 배지를 갖고 놀고 있었기 때문에 알 수 있었지요.

우리는 공원의 벤치에 나란히 앉아 서로에 관해 이야기했습니다. 내가 추워서 어깨를 움츠리자 그는 자신의 코트를 벗어 덮어주었습니다. 안쪽에는 확실히 '버버리'의 마크가 붙어 있었지요.

"아버지는 신일본제강의 중역을 맡고 계세요."

"그것은 여자의 직감으로 알 수 있었지요."

"눈치가 무척 빠르시네요."

그는 이렇게 말하며 웃었습니다. 그 사람 역시 예민한 사람입니다. 내가 미용사라는 것을 맞춰버렸거든요.

그는 스스로 엘리트라는 것을 뽐내거나 하는 사람은 아닙니다.

"저와 사귀지 않으실래요?"

츠바키하우스에서 소탈하게 말을 걸어온 것은 그의 쪽인걸요.

그의 차는 벤츠예요. 키홀더에 벤츠의 마크가 붙어 있어서 제가 물어보았습니다.

"벤츠?"

"벤츠입니다."

그는 대답했습니다.

우리는 둘 다 제일 좋아하는 셰익스피어에 대해 끝없이 이야기를 나누었습니다. 그는 예전의 올리비아 핫세 쪽이 좋다고 말했어요.

"무리하게 강요하고 싶지는 않아."

그는 내 몸을 원했습니다. 엘리트는 상냥하구나, 라고 생각했습니다.

알몸이 된 그는 옷을 입고 있을 때보다 훨씬 엘리트답게 보였습니다. 그가 아무리 숨기려 해도 등 한가운데에는 크게 '엘리트' 라는 글자의 문신이 새겨져 있었습니다. __ ①

elevator

"**몇** 층까지 가십니까?"

엘리베이터 걸이 물었다.

"176층."

중년 남자가 말했다.

"176층이요. 알겠습니다."

"328층."

젊은 여자가 말했다. 다리가 매우 아름다웠다.

"328층이요. 알겠습니다."

"413층."

내가 말했다.

"죄송합니다."

엘리베이터 걸은 정말 미안한 얼굴로 말했다.

"이 엘리베이터는 390층까지만 운행합니다."

"큰일이네."

나는 말했다.

"413층에 양말을 세 켤레 놔두고 왔는데."

"그럼 제 방으로 오세요."

아름다운 다리의 젊은 여자가 달콤한 목소리로 말했다.

"328층이지만 양말 정도는 있어요."

그야 바라던 바다.

그녀의 방은 매우 멋있었다. 조명과 가구의 취향, BGM과 에어컨디셔너 작동 상태, 카펫의 부드러움까지 모두가 이상적이었다. 마치 내 취향을 사전에 조사한 것처럼 모든 것이 내 맘에 쏙 들었다. 혹시 내가 제임스 본드였다면 이거 뭔가 함정이 있는 것이 아닐까 의심하겠지만 다행히도 나는 제임스 본드가 아니다. 마이크 해머도 류 아처도 필립 말로우나 매트 헬름도 아니다. 평범한 시민이라는 것이 얼마나 멋진 일인가.

우리는 적당하게 차가워진 샴페인을 마시면서 음악과 문학, 스포츠, 열대어를 키우는 법 등에 대해 몇 시간이나 얘기를 나눴다. 그녀의 취향과 나의 취향은 기적이라고 말할 수 있을 정도로 딱 맞았다. 단지 413층에 남겨둔 세 켤레의 양말만이 나를 조금 신경 쓰이게 했다.

"참, 양말이라고 했지요?"

그녀는 그렇게 말하고는 내 손을 끌고 별실로 안내하더니 큰 마호가니 장롱의 서랍을 부드럽게 열었다. 거기에는 이 백 켤레에 가까운 다양한 색상의 양말이 깔끔하게 정리되어 마치 보석처럼 진열되어 있었다.

"마음에 드시는지?"

"대단해."

나는 한숨을 내쉬었다.

"이게 얼마나 멋진 광경이야!"

"혹시 마음에 드신다면 이건 모두 당신 거예요."

나는 그녀를 끌어 당겨 입을 맞추었다. 그녀의 나이트가운이 바닥으로 스르륵 떨어졌다.

그런 연유로 지금 나는 이 백 켤레의 양말을 갖고 있다. ___ ⓜ

정어리

oil sardine

이봐, *심판!*

대체 눈이 어디 달려 있는 거야!

내가 어제 정어리 통조림을 먹었는데

너보다 훨씬 괜찮았다고.

1981/ 4/ 10

＊「야쿠르트 슬로워즈 시집」에서 ＿ ⓜ

올나이트
all night

미스터 올나이트는 쓰네요시를 칭하는 말이다.

다른 기둥서방들 역시 밤늦게까지 잠을 자지 않지만 그렇다고 모두가 올나이트라 불리는 것은 아니다.

매일 밤 열한 시가 조금 넘어 시작하는 '프로야구 뉴스'가 끝나면 쓰네요시는 '오-'라고 말한다.

이 '오-'에는 '갔다 올게'라는 말이 생략되어 있지만 그보다 더 이상한 것은 '오-'를 듣는 사람이 없다는 점이다.

미카는 아직 한참 일하고 있는 시간으로 가게에서 여러 가지를 하고 있다. 여러 가지라는 것은 퇴폐업소에서 하는 거품춤이나 잠망경 서비스 등 그런 일이다.

하지만 미카는 한창 일을 하다가 '오-'의 시간이 되면 '아잇'이라고 답하고 있다. 지극히 사적인 '아잇'이란 한 마디 정도 일하는 중에 말한다 해도 어느 누구에게도 폐가 되지 않는다. "뭐가 아잇이야?"라고 의아해 하는 손님은 아직까지 한 명도 없었다.

쓰네요시는 미카의 기둥서방이다. 미카가 "제발 내 기둥서방이 되어 줘."라고 부탁했기 때문에 그쯤이야 못할 것도 없지 않나 라는 생각에 간절한 소원을 들어주기로 한 것이다.

미카는 종종 자신이 진짜 쓰네요시를 사랑하고 있는지에 대해 생각한다. 이것도 주로 일하는 도중에 하기 때문에 그런 생각으로 멍하게 있으면 일이 소홀히 되기 때문에 매니저에게 혼날 수도 있다. 쓰네요시와의 사랑 역시 사적인 일이기 때문에 거품춤처럼 한창 일하는 중에 생각해서는 안 된다. 그러나 미카의 감독으로 있는 야마사키 매니저도, 다리 사이의 물건을 덜렁거리면서 뜨거운 물에 들어가거나 누워서 잠을 자고 있는 손님 역시 미카의 속마음까지는 터치할 수 없기 때문에 결정적으로 일에 방해가 되지 않는 한 불만을 이야기하지 않는다.

쓰네요시는 맨션의 매우 견고해 보이는 전자 잠금장치를 철컥 걸고 발을 내딛기 시작했다. 복도의 빨간 카펫 위에서 보라색 조깅 슈즈가 삑삑 소리를 냈다.

쓰네요시는 엘리베이터를 타지 않고 비상구의 나선형 계단으로 내려갔다. 가을의 끝자락은 이미 입김이 하얗게 나올 정도로 추웠다. 쓰네요시는 자이언츠군의 우승을 매우 기뻐하고 있다.

미카와 살기 시작한 것이 4월, 프로야구가 개막한 지 4일째였다. 자이언츠는 시즌 중간 날에 스타트를 끊었다. 생각해 보면 그 날도 비가 부슬부슬 내리며 지금과 비슷한 정도로 추웠다. 날이 점점 따뜻해졌다가 다시 추워졌지만 쓰네요시는 여전히 미카짱과 함께 있다. 왠지 행복하다, 라고 쓰네요시는 조용히 중얼거렸다. 이건 결코 쓰네요시가 응원하는 자이언츠가 승리한 탓만은 아니다. 그 역시 그쯤은 알고 있다. 그러나 올해도 자이언츠가 3위 정도였다면 쓰네요시와 미카가 지금도 이렇게 행복하게 생활할 수 있었을까? 불가능하지 않았을까 쓰네요시는 생각했다.

가볍게 달린 쓰네요시가 미카가 일하고 있는 가게와 맨션의 중간 지점에 있는 공원에서 휴식을 하고 있을 즈음 '다바다다바다바다바다밧, 다바다바다다_앗, 왓슈_' 라는 스캣과 함께 '11PM'이 영업을 끝냈다.

벤치에 앉아 땀을 닦으면서 쓰네요시는 하늘을 올려다보며 미카를 불렀다.

미카 역시 이 시간에 천장을 올려다보며 쓰네요시에 대해 생각했다. 두 사람 사이의 약속이었다.

비가 오는 날에도 이렇게 했고, 맑은 날 밤에도 둘은 항상 이렇게 했다.

미카는 다른 종업원과 달리 오전 1시에 돌아가도 되게 되어 있었다.

미카가 평상시 복장으로 갈아입고 있을 때쯤 쓰네요시는 조깅을 끝내고 야간영업을 하는 약국 앞에서 택시를 잡아탔다. 잠시 캔 커피를 마시면서 차 안에서 숨을 돌리고 있자 미카가 종종 걸음으로 달려왔다.

두 사람은 택시로 조깅 코스의 출발점인 맨션으로 돌아왔다.

왜 이런 것을 하게 되었는지 쓰네요시도 잘 모른다. 뭔가 미카가 기뻐할만한 일을 하고자 생각했더니 이렇게 달리게 된 것이다.

돌아와서 둘이서 샤워를 하고 쓰네요시는 미카에게 책을 읽어준다. 귀 옆에서 낮고 작은 목소리로 읽는다. 이것은 약 2시간 정도 걸린다.

그러고 나서 30분 정도 미카의 감상을 듣거나 맥주를 마신다.

동이 틀 무렵부터 두 사람은 사랑을 나눈다. 미카는 가게에서 섹스를 많이 하고 있기 때문에 쓰네요시와 할 때에는 가볍고 부드럽게 하기를 원한다. 쓰네요시는 정말 부드럽고 가볍게 섹스를 해준다.

그리고, 잔다.

잠이 들려고 할 무렵 미카는 쓰네요시에게 말한다.

"내일도 있어 줄 거지?"

"응."

쓰네요시는 짧게 답하며 몸을 한번 뒤척이고는 잠에 빠져든다.

미카는 '이렇게 좋은 사람이 정말 내일도 옆에 있어 줄까?' 라고 생각하며 미소를 띠운 채 잠든다.

행성들이 일직선상으로 늘어선 탓에 이런 기둥서방이 나타난 거라고 인텔리 친구가 말한 적이 있다.

"바보 같은 놈."

쓰네요시가 말했다.

"하하하."

미카가 웃었다. __ ①

어니언수프
onion soup

우리는 모태가 되는 자연의 이치를 거스르고 섹스를 했
다. 그리고 한 시간 후 모태가 되는 자연의 더한 이치를 거스르
고 두 번째의 섹스를 했다.

최초의 섹스는 나쁘지는 않았지만 그럭저럭 정도였다. 뭐랄
까, 옆방에서 연금생활을 하고 있는 라이온이 빠드득빠드득 이
빨을 갈고 있는 듯한 느낌이라고 말할 수 있을 정도.

하지만 두 번째는 정말 멋졌다.

얼마나 멋졌는지는 차마 말로 표현할 수 없다. 입으로는 말할
수 없는 것을 육체가 체험할 수 있다니 실로 멋진 일이다. 그렇
지 않으면 살아 있는 의미 따위는 없는 거나 마찬가지다.

오전 한 시 두 번째 섹스 후에 나와 그녀는 침대에서 담배를

피우고 있다.

옆방에서는 라이온이 야식으로 스프를 데우고 있다. 따스한 양파의 향기가 문틈으로 우리가 있는 곳까지 새어 들어왔다. 그리고 부드러운 온기가 나와 만화의 풍선처럼 우리를 쏙 감쌌다. 그녀는 작은 손바닥을 내 가슴 위에 얹었다. __ⓜ

카펫

carpet

카펫 아래 숨겨진 다다미(일본식 바닥)는 무엇을 의미하는 것일까?

그것은 돈가스와 계란으로 가려진 돈가스 덮밥 속에 있는 흰밥과 닮아 있다. 그러나 이 경우 흰밥을 보며 원죄라는 말을 떠올리는 사람이 많다.

이것은 기노쿠니야 서점의 포장지로 커버링 된 『여자를 기쁘게 하는 법』과 약간 닮았다. 하지만 이 책을 갖고 있는 사람은 대체로 커버보다 내용물을 좋아한다.

그렇다면 선글라스와 눈의 관계는 어떨까? 선글라스를 낀 채 잠을 자거나 목욕을 하는 사람도 있는 것 같지 않으니 눈은 다다미보다 비극적은 아니다.

명함에 의해 숨겨진 인격. 인격 쪽이 원해서 숨겨져 있는 것이니 전혀 비슷하지 않다.

　명품 브랜드 옷으로 둘러싸인 몸은 어떨까?

　아무래도 이것이 가장 가까운 것 같다. ＿ ①

"생일 축하해.*"*

그녀는 녹색 리본을 두른 화려한 작은 상자를 앞으로 내밀었다. 나와 그녀는 고층 빌딩의 22층에 있는 세련된 레스토랑에서 얼음을 탄 스카치와 함께 로스트비프를 먹고 있었다. 그 날은 바로 내 생일이었다.

"응? 뭘 것 같아? 맞춰 봐."

"바리깡."

나는 말했다. 물론 이건 농담이다.

포장지를 벗기니 반짝반짝 빛나는 루비 색상의 작은 상자가 나왔고, 상자 안에는 영화 입장권 정도 크기의 종이가 들어 있었다. 그리고 종이에는 '자유이용권' 이라고 쓰여 있었다.

"아무 때나 자기가 원할 때 그것을 사용해도 좋아."

그녀가 말했다.

나는 집으로 돌아와 책상의 첫번째 서랍을 꺼냈다. 그 안에는 78명의 여자들에게 받은 78장의 여러 가지 색상의 '자유이용권'이 들어 있다.

나는 그것을 전부 꺼내 새로운 한 장을 합쳐 79장으로 만들었다. 딱 맞는 숫자다.

나는 삽으로 정원에 구멍을 파고 그레이프 드롭의 빈 깡통에 여태껏 모은 79장의 '자유이용권'을 그곳에 묻었다. 그리고 호스를 끌어와 물을 줬다.

나는 뭐랄까, 이런 성격인 것이다. ＿ⓜ

커틀릿
cutlet

고베에서 커틀릿이라고 하면 누가 뭐래도 비프커틀릿으로 통념처럼 정해져 있다. 비너슈니첼(오스트리아의 유명한 송아지 커틀릿)이나 코르동 블루(프랑스의 유명 요리 학교) 같은 것이 아니라 어엿한 비프커틀릿이다. 그러나 아쉽게도 도쿄에는 이것이 없다. 비프커틀릿이 없는 도시라니, 1942년의 스탈린그라드(소련 침공 후 전쟁이 끝날 때까지 약 2천 만 명의 소련군과 민간인이 죽었다) 같은 것이다. 나는 비프커틀릿을 떠올리면 지금 당장이라도 신칸센을 잡아타고 싶어질 정도로 비프커틀릿 주의자인 것이다.

비프커틀릿은 빵 사이에 끼워 먹어도 정말 맛있다. 얇게 썬 식빵에 버터와 머스터드를 바르고 비프커틀릿을 끼워 토스터로 약간 굽고 물냉이를 두 개 정도 바른다. 음료는 달지 않게 만든 아이스티나 메르쩬 맥주. 아, 아…….

빵에 끼우지 않을 때의 비프커틀릿은 사이즈 250mm의 스니커즈 바닥 정도의 크기가 좋다. 고기는 너무 두꺼워도 너무 얇아서도 안 된다. 너무 얇은 것은 궁핍해 보이고, 지나치게 두꺼워도 즐거움이 사라진다. 그리고 절대, 절대로 힘줄이 있어서는 안 된다. 튀김옷은 돈가스보다 약간 두껍게 바삭하게 튀긴다. 빵가루는 지나치게 적어도 안 된다.

그리고 다음은 곁들이는 사이드 메뉴인데, 잘게 썬 양배추 따위는 절대 안 된다. 잘게 썬 양배추를 곁들인 비프커틀릿 따위는 플레이보이의 토끼 스티커를 붙인 롤스로이스 같은 것이다. 가볍게 소금만 넣고 데친 누들, 까치콩, 물냉이 같은 것을 산뜻하게 첨가하는 정도가 좋다. 버터와 익힌 당근 같은 것이 곁들여 나오면 재떨이에 버려버리면 된다.

그 후에는 밥. 사실은 보리밥이 좋지만, 무엇보다 레스토랑에는 보리밥이 없기 때문에 백미로 참는다. 롤빵 같은 건 전혀 어울리지 않는다.

먹는 방법은 돈가스와 같다. 단지 나이프를 넣을 때의 감촉이 돈가스와는 전혀 다르다. 바삭한 튀김옷, 소고기 특유의 만만치 않음을 숨긴 부드러운 육질, 그리고 다시 튀김옷, 나이프가 접시에 닿는 쨍하는 소리, 아, 참을 수 없다.

어렸을 때 아버지와 극장에 가는 날에는 돌아오는 길에 꼭 비프커틀릿을 먹었다. 창밖으로는 항구가 보이고 롯코산이 끊임없이 펼쳐져 있다.

고베의 가이드북을 보면 어느 것이든 비프스테이크만 있고 (그런 것 때문에 일부러 고베까지 가지 않아도 돈만 있으면 도쿄의 레스토랑에서 충분히 먹을 수 있다), 비프커틀릿에 관한 설명이 전혀 없다. 왜일까? _ ⓜ

캠프파이어
camp fire

'숲에 갑시다, 아가씨' 라는 노래를 듣고 '호호호' 하고
답하는 아가씨는 도대체 무슨 생각을 하고 있는 걸까?

웃고 얼버무리는 것은 좋지 않다.

갈 생각이 있다면 '네' 라고, 그럴 생각이 없다면 '싫습니다'
라고 확실하게 말해야 한다.

나는 대체로 산과 관계된 노래가 매우 싫다.

'산사나이에게 홀리지 말아요.' 라는 노래도 누군가가 홀렸다
는 증거가 있는 것도 아닌데 그런 말을 하는 건 자만하고 있다
고 밖에 생각할 수 없다.

'알프스 일만 척', '미인도 방귀를 뀌는가 하면 똥도 싼다' 등
과 같은 말도 마음에 들지 않는다. 어째서 일부러 미인에게 방
귀를 뀌게 하는 것인가. 그런 것은 미인이 아닌 적당한 수준의

사람에게 적당하게 시키면 되는데. 이런 공격적인 리얼리즘은 실로 불쾌감을 주는 언동인 것이다.

'언젠가 어느 날 산에서 죽는다면' 같은 것도 협박하는 것 같아 기분이 무거워진다. 시체를 넘고 넘어 이렇게 했다, 저렇게 했다는 인터내셔널에 가까운 것 같다.

다른 스포츠에도 그렇게 많은 노래가 있을까?

기껏해야 생각나는 것은 '사이클링 사이클링 야호 야호' 정도다.

'우리 마을에는 살 수 없으니' 와 같은 설산찬가도 왠지 거만한 울림이 있다. 그렇게 살 수 없으면 살지 마, 라고 말하고 싶어진다. 기분 나쁜 선민의식이 있는 것 같다.

'산에 오르는 것은 매우 즐겁다' 라든가 '산에는 못난이가 있고 못난이도 나름의 마음씨가 좋기 때문에 어떤 의미에서는 미인보다 좋을지도 모른다' 라든가 '눈이 내려 춥지만 참고 올라보지 않을래?' 같은 정도로 정직하고 겸허하게, 기분 나쁘지 않은 노래를 불러줬으면 좋겠다. ＿ ①

quiz show

"그럼, 첫 번째 문제. 두 마리의 흑돼지와 세 마리의 산양 중 어느 쪽이 검을까요?"

가장 빨리 램프에 불이 들어온 것은 나다.

"두 마리의 흑돼지!"

"네, 정답입니다. 의자가 한 단 올라갑니다. 계속해서 두 번째 문제입니다. 매우 간단한 문제니까 스위치를 빨리 눌러주셔야 합니다.

이 섬에서 가장 아름다운 사람은 누구일까요? 다음의 3가지 보기 중에 답해 주십시오. ①임금님의 첫 번째 딸 ②임금님의 두 번째 딸 ③임금님의 세 번째 딸!"

정말 심한 문제다. 이 섬의 세 명의 못난이라고 하면 왕가의 세 자매라는 것은 그야말로 흑돼지도 알고 있는 사실이다.

해답자는 전원 스위치를 누르지 못하고 있다.

"이런, 이런. 도전자 전원이 장미냐 백합이냐를 두고 고민하고 있는 것 같군요. 그럼 지명해 보도록 하지요. 5번 도전자, 정답을 말씀해 주세요."

나를 호명하고 있다. 틀려도 상관없다고 생각한 나는 생각나는 대로 대충 대답했다.

"①번."

내 대답이 미처 끝나기도 전에 사회자가 소리쳤다.

"네! 정답입니다. 역시 5번 도전자네요. 그럼 세 번째 문제입니다."

뭐가 정답이란 말인가. 체중 120kg에 마흔다섯 살의 공주가 이 섬에서 가장 예쁜 미녀라니 정말 한심한 문제다.

"그럼 시작합니다. 비개구리가 울면 비가 내리지요. 그럼 갠개구리가 울면 날씨는 어떻게 될까요? 이것은 폐하께서 친히 내신 문제입니다."

갠개구리 같은 게 이 섬에 있었나?

"날씨가 개인다!"

삐─. 틀렸다는 부저의 소리.

"안타깝네요. 그럼 지명해 볼까요? 오늘 가장 좋은 성적을 보이고 있는 5번 분 어떻습니까?"

"눈이 내리지 않을까요?"

나는 자포자기하는 심정으로 짜증을 내며 말했다.

"대단하군요! 정답입니다. 5번 도전자, 이번 건 로열 문제이기 때문에 3단 올라갑니다."

"다음 네 번째 문제입니다. 이 섬의 폐하는 어떤 분일까요? 다음의 세 가지 중에 답해 주십시오. ①훌륭한 분, ②멋있는 분, ③위대한 분."

아무리 이 섬의 텔레비전이 '왕실방송국' 밖에 없다고 하지만 이런 문제만 내어도 되는 건가?

"아아, 정말 당해낼 수가 없군요. 이미 5번 도전자가 정답을 얼굴에 써 놓고 있습니다. 그래요, 바로 그거. ③번의 위대한 분이 정답이었습니다. 5번 도전자 또 다시 한 단계 올라갑니다."

뭐가 뭔지 알지도 못한 채 나는 열 문제까지 모두 연속으로 정답을 맞추었다.

다른 도전자는 한 단도 올라가지 못한 채 그저 조용히 기분 나쁜 미소를 띠고 있을 뿐이다.

사회자는 몹시 들떠 있었다.

"자, 압도적인 기세로 한 번에 열 단계를 뛰어오른 5번 도전자에게 폐하의 멋진 선물이 기다리고 있습니다."

왠지 속임수에 걸려든 듯한 기분이 들었지만, 상품을 받는다니 나쁘지 않다.

지난주 이 방송에서 옆 마을 녀석이 흑돼지를 받았다. 지지난

주의 열 문제 정답자는 하얀 페인트가 칠해진 카누를 받고 산 너머까지 끌고 돌아갔다고 한다.

그건 그렇다고 쳐도 이번 주의 '로열 퀴즈 행복의 문'은 마치 짜고 치는 고스톱처럼 진행되었다. 뭔가를 숨기고 있는 진행이다.

객석 중앙에서 첩들의 시중을 받으며 무대를 보고 있는 왕의 표정이 매우 밝다. 세 명의 못난이 자매도 잇몸을 모두 드러내고 바보처럼 웃고 있다.

"자, 이번 주 선물은!"

두구두구두구두구, 큰 북이 울렸다.

"문자 그대로 행복이 당첨되었습니다."

회장 주위에 암막이 드리워지면서 어두워졌다.

스포트라이트의 불빛이 빙글빙글 객석에서 뭔가를 찾듯 움직이다가 멈췄다.

그곳에는 120킬로그램의 큰 딸이 유혹하는 듯 눈을 가늘게 뜨고 일어서서는, 나를 정면으로 바라보고 있었다. ＿ ①

cool mint gum

오래 전의 일이지만 차콜 그레이 색상의 폭스바겐을 탄 젊은 여자를 본 적이 있다. 그녀는 핑크색 여름 드레스를 입었고, 모양이 예쁜 가슴이 제트 엔진처럼 앞으로 돌출되어 있었다. 그리고 하얀 샌들을 신고 있었다. 어째서 샌들 따위를 기억하고 있는지 말하자면 그녀는 내가 앉아 있는 벤치 앞에 차를 세우더니 부스럭거리며 샌들을 신고, (그녀는 계속 맨발로 차를 운전한 것이다) 차에서 내려 내 앞을 지나 매점으로 가서 쿨 민트 껌을 샀기 때문이다.

그 동안 나는 계속 그녀를 바라보고 있었다. 그녀의 드레스는 몸에 완전 밀착되었기 때문에 그건 뭐랄까, 매우 멋진 광경이었다. 어깨는 매우 매끄러웠고 배는 일자로 홀쭉했다. 한 마디로 그녀는 1967년의 여름을 혼자서 차지한 듯했다. 그녀의 옷장 안

선반에는 1967년 여름에 관한 모든 것이 잘 정리된 속옷 같이 수납되어 있지 않을까, 라는 생각이 들었다.

그녀는 쿨 민트 껌의 봉지를 뜯어 한 개를 입 안에 집어넣고, 매우 매력적으로 짝짝 씹으면서 다시 내 앞을 지나갔다. 그리고 차콜 그레이의 폭스바겐은 여름의 흐름을 송어처럼 우아하게 거슬러 올랐다.

그 후로 이미 14년이 지났는데도 불구하고 차콜 그레이의 폭스바겐을 볼 때마다 나는 그녀를 떠올린다. __ⓜ

젊은 세대를 위한 버라이어티 쇼를 봤다.

방송 후반에 트럼프 점 코너가 있었는데 친구들 말에 의하면 그게 잘 적중한다고 했다.

나의 전갈자리는 그 날의 운세가 최고라고 했다.

"넘어지는 바람에 금반지를 줍는 격으로 행운이 붙는 주말이 될 것 같습니다."

집시 의상을 입은 여자가 자신만만하게 말했다.

이것이 잘 맞는다니. 나는 너무 기뻐서 그 날의 계획을 짜기 시작했다. 그동안 불가능하다고 생각한 것들을 오늘이야말로 용기를 내서 해보리라. 나는 당시 아직 소년이었다.

여자는 마지막으로 물고기자리의 점을 치고 있었다.

집어든 카드는 클럽 모양의 숫자 5.

"물고기자리 여러분은 오늘 다섯 시 이후의 클럽 활동에 주의해 주십시오."

 아직 소년인 나였지만 오늘 하루 운이 없을 거라는 직감에 식탁에서 일어섰다.

 그리고 그 날도 역시 지각으로 하루를 시작했다. __ ⓘ

그레이프 드롭스

grape drops

 1806년 아버지 그레이프 드롭스가 죽었을 때 나는 겨우 열 살이었다. 그리고 나는 고아가 되었다.

그러나 아무도 나를 동정해 주지 않았다. 당시 고아의 수는 지금보다 훨씬 많았고, 무엇보다 상대가 그레이프 드롭스이니 도대체 누가 그레이프 드롭스 고아를 거두어 주겠는가.

고아원 안에서도 나는 따돌림을 당했다. 그곳에는 이미 오렌지 드롭스 고아와 레몬 드롭스 고아가 세력을 떨치고 있었다.

"그레이프 드롭스? 그런 것도 있었어?"

녀석들이 말했다.

나는 고아원을 도망쳐 나와 서커스의 소 사육사 조수가 되었다. 소 사육을 맡은 할아버지는 매우 친절한 사람으로 나에게 여분의 식사를 나눠 주고, 그레이프 드롭스의 이야기도 열심히 들어 주었다.

"어딘가에 어머니가 계세요."

나는 말했다.

"매우 아름다운 그레이프 드롭스지요."

"흠, 우유가 먹고 싶다고?"

할아버지가 말했다. 할아버지는 귀가 매우 안 좋았다.

그러나 행복한 생활은 그리 길게 가지 못했다. 나쁜 라이온 사육사가 소를 죽여 커틀릿으로 먹어버렸기 때문이다. 라이온 사육사는 비프커틀릿을 매우 좋아했다.

그리고 1889년, 나는 아파치 봉기에서 세 명의 인디언을 물어 죽여 '하얀 어금니'라는 별명을 얻었다. 대통령이 백악관으로 초대했지만 나는 정중히 거절했다. 나에게는 어머니를 찾아야 한다는 대업이 있었기 때문이다.

내가 처음으로 그레이프 드롭스의 얘기를 접한 것은 1936년, 스페인 전쟁 당시 마드리드에서 헤밍웨이와 술을 마실 때였다.

"이봐 어니스트, 지금 뭐라고 했어?"

헤밍웨이는 술에 취해 테이블에 엎드려 있었다. 나는 그의 머리를 힘껏 리볼버 권총으로 내려치고 얼음물을 끼얹었다.

"그레이프 푸르트."

"아니야."

나는 다시 한 번 말하고 리볼버 권총으로 머리를 때렸다.

"그레이프 푸르트."

헤밍웨이가 의식을 회복한 것은 삼일 후였다.

"그레이프 드롭스."

그가 말했다.

"그런가, 자네가 그레이프 드롭스의 아들이었군."

"어머니에 대해 알려주게."

"아니, 듣지 않는 편이 좋아."

그러나 내가 포켓에서 총을 꺼내자 그는 바로 모든 것을 털어놓았다.

"자네의 어머니는 작년 여름 반란군 녀석들에게 윤간당해 트럭의 펑크 수리제가 되어 버렸어."

나는 삼 년 동안 스페인에 있는 트럭 타이어를 조사하며 다녔다. 그러나 끝끝내 어머니를 찾을 수 없었다.

"친애하는 아네스트."

나는 헤밍웨이에게 편지를 썼다.

"그레이프 드롭스에 대해서 그 후 뭔가 알게 된 것이 있다면 가르쳐 주길 바라네."

그러나 그 이상은 아무것도 모르니 스타인벡에게 묻길 바란다는 답장이 돌아왔다. 나는 노벨상 수상식에 출석한 스타인벡을 스톡홀름에서 붙잡았다.

"혹시 존 그레이프 드롭스에 대해 알고 있는 것을 알려 주지 않겠소?"

"그레이프 드롭스라⋯⋯."

스타인벡은 한숨을 쉬었다.

"그러고 보니 2년 정도 전에 텍사스의 작은 마을에서 발견했었나. 그 때는 탈장 보호밴드가 되어 있었지."

나는 담배의 양을 줄이기 위해 계속 그레이프 드롭스를 먹고 있다. 이 이야기는 그런 그레이프 드롭스를 위해 썼다. ⎯ⓜ

ᅟ케이

K

K······ *알파벳 11번째의 문자.*

(용례) 어느 날 아침에 눈을 뜨니 K는 현관 매트로 변해 있었다.

어느 날 아침 눈을 떠보니 K는 현관 매트로 변해 있었다.

'큰일 났네.'

K는 생각했다.

"많고 많은 것 중에 하필이면 웬 현관 매트야."

현관 매트가 된 K를 제일 처음 발견한 것은 구청에서 일하고 있는 친구였다.

"이봐, 농담은 그만둬."

그가 말했다.

"망년회의 장기자랑을 미리 연습하는 거야?"

"아니, 진짜 이렇게 변해 버렸어."

K가 말했다.

"음, 그렇다면 뭐 그런대로 괜찮지만… 그런데 변신 신고는 끝냈어?"

"변신 신고?"

"소득세 세율이 달라지거든. 현관 매트로 변신하면 공제액이 10퍼센트 정도 낮아져."

"장난이지?"

K는 말했다.

"아니, 진짜야. 아쉽네. 다리미 받침이었다면 3퍼센트 정도인데 말이지."

다음으로 K를 발견한 것은 예술비평가 친구였다.

"이거 언뜻 보기에는 현관 매트처럼 보이는군."

그가 말했다.

"진짜 현관 매트야."

K가 말했다.

"증명할 수 있어?"

"발을 닦아 봐."

친구는 발을 닦았다. 그리고 K가 현관 매트라는 사실을 인정했다.

"그런데 어째서 현관 매트인 거지?"

"내 탓이 아니야."

"내 탓이 아니라고?"

그는 반복했다.

"그런 대사는 정확하고 명료한 카프카적이라기보다 오히려 불친절한 게 카뮈적이군."

그 다음으로 찾아온 것은 출판사에 다니고 있는 여자친구였다. 그녀는 현관 매트가 된 K에 걸려 우편함에 머리를 부딪쳤다.

"어머, 미안. 계속 철야로 원고만 들여다보고 있었거든. 갑자기 목차를 바꾸라고 하잖아. 이제 와서 그런 말도 안 되는… 뭐 그건 그렇다 치고, 왜 갑자기 현관 매트 따위가 된 거야?"

"현실 도피야."

K는 말했다.

"가여워라."

그녀는 말했다.

"내가 뭔가 도울 수 있는 일 없어? 키스를 하면 인간으로 돌아온다던가."

"그런 발상은 이미 19세기에 끝났어."

K는 말했다.

"하지만 여자 기숙사의 현관에 놓아 준다면 매우 도움이 될 것 같긴 해."

"간단한 일이네. 그건 좋은데, 자기 그럼 이제 카세트 플레이어 사용할 수 없겠네? 그거 가져가도 될까?"

"좋아."

"보스와 폴 디비스의 레코드도 필요 없지?"

"필요 없어."

"저기, 글루비의 알로하도 마음에 들었는데 말이지."

"너 가져."

"자동차도 빌려도 될까?"

"가끔씩 오일 교환해 줘. 그리고 클러치 체크 좀 해달라고 해. 이상한 소리가 나."

"응, 응."

그리고 K는 여자 기숙사의 현관에서 구청도 예술비평가도 출판사도 벗어나 오랫동안 행복하게 지냈다. 현관 매트도 잘 생각해보면 그렇게 나쁘지는 않다. _ ⓜ

동 전

coin

청량음료수 자동판매기를 발로 차고 있는 여자가 있었다.

"왜 그러세요?"

"돈을 넣는데 나올 생각을 안잖아요."

당시 유행한 비욘의 부츠가 자동판매기를 향해 계속 뛰어들고 있었다. 콘서트 회장의 좁은 통로에는 시끄러운 소리가 울려 퍼졌다. 기계 속에서 병이 깨져 쨍그랑거리고 있다.

여자는 끈질기게 기계를 공격했지만, 결국 포기하고 공연장 쪽으로 걸어갔다. 어느 밴드의 광팬인 것 같다. 여자의 모습이 안 보이게 되자 자동판매기가 나에게 말을 걸었다.

"아, 억울해! 이 원수를 어떻게 갚지."

"나한테 도와 달라는 거야?"

"오른쪽 밑을 보면 돈이 있어. 열쇠로 잠겨 있지만 있는 힘껏 당기면 열릴 거야. 그 돈으로 너를 고용할게."

나는 그가 시키는 대로 열어 보았지만 돈 같은 건 없었다.

"뭐야, 아까 그 여자 돈도 넣지 않은 거야? 너무하잖아. 아, 정말 억울해."

"나의 수고비는 지불하지 못하겠군. 다른 손님도 없었어?"

"그러고 보니 아까 관리인이 가져갔어. 운도 지지리도 없지. 슬프다."

"그럼 난 의용군이 되어야 하는 거군."

"그렇게 해주면 고맙지."

"좋아, 알았어."

그 후 나는 아까 그 여자를 찾았지만 시간이 갈수록 여자는 찾을 수 없었다.

"일생을 걸어서라도 찾아줘. 때리고, 차고, 백 엔짜리를 쑤셔 넣고, 못살게 굴어줘."

자동판매기는 분노로 부들부들 떨면서 말했다.

그로부터 이미 몇 년이나 지났지만 나는 그 때의 여자를 아직도 찾지 못했다.

어쩌면 의뢰인도 이 세상에 없어졌을지도 모르지만 나는 의뢰인의 원수를 계속 찾고 있다. ＿ ①

coffee

그 가게의 정면에는 '커피'라고 쓰여 있는 거대한 간판이 걸려 있다. 가게의 이름도 아닐뿐더러 노래 가사도 아니다. 백지에 검정색으로 쓰인 커피, 단지 그것뿐이다. 게다가 약간 위를 올려다보고 있어서 마치 하늘을 향해 보내는 도전장처럼 보였다.

왜 일부러 그런 간판을 건 것일까. 나는 잘 이해할 수 없었다. 그 앞을 지나가는 사람의 눈길을 끌기 위해서라기에는 간판의 위치가 지나치게 높고, 그에 비해 글자가 지나치게 크다. 내가 그 간판을 알아챈 것은 그때 우연히 자동차의 창문으로 아무 생각 없이 하늘을 올려다 본, 행운 같은 우연에 의한 거였다.

우리는 멀리 여행을 갔다 돌아오는 길로 녹초가 될 정도로 지쳐 있었다. 핸들을 쥔 친구는 20초 간격으로 연신 하품을 해댔고, 그의 여자친구는 그 옆에서 잠들어 있었다. 재떨이는 가득 찼고, 카스테레오의 스피커에서는 2월과 5월의 기온 차이에 관한 템테이션스의 노래가 흘러나왔다.

"커피."

내가 소리를 내어 읽었다.

"커피?"

친구가 말했다.

"커피라고 쓴 간판이 있었어."

"그런 거 어디든 있어."

"하지만 다다미 여섯 장 정도 크기의 간판에 그저 커피라고만 쓰여 있는데다가 그게 하늘을 향해 있었다고."

"폭격기를 피하기 위한 거야."

친구는 하품을 하고는 말했다.

"적십자의 마크 같은 거지. 누구도 커피숍을 폭격하거나 하지는 않잖아. 내가 틀렸어?"

"아니, 맞아."

나는 말했다.

북쪽 나라의 길을 따라 나 있는 작고 오래된 마을에 거대한 간판을 건 커피숍이 있다. 오늘도 사람들은 그곳에 모여 커피를 마시고 있다. 그곳에는 커피적인 평화가 있고, 따뜻하고 맛있는 커피가 있다.

"커피."

하늘 위에서는 젊은 폭격수가 간판의 문자를 소리 내어 읽었
다.

"커피?"

조종사가 물었다.

"커피라는 간판이 보여."

넓은 지면에 흰 눈이 가득 쌓인 2월의 오후라면 그것은 아마
매우 멋진 풍경일 것이다. __ ⓜ

커피 컵

coffee cup

인생에서 *가장 슬픈 시간, 그것은 사랑하는 여자를 택* *시에 태워 집으로 보낸 뒤의 한 시간일지도 모른다.*

침대에는 아직도 그녀의 온기가 남아 있고, 테이블 위에는 마시다 만 커피 컵이 놓여 있는 그런 분위기 말이다. 마치 물을 빼버린 수족관의 수조 바닥에 앉아 있는 것 같은 한 시간. 책을 읽어도, 레코드를 들어도 머리에는 뭐 하나 들어오질 않는다. 아니 들어올 생각조차 하지 않는다.

그러나 약간 배가 고프기 시작하면 밥에 낫또를 얹어 먹는다. 계란을 깨뜨려 얹기도 한다. 무청이 남아 있어서 된장국까지 만든다.

그렇게 되면 말린 전갱이도 먹고 싶다. 절임야채 역시 혼자 왕따시킬 수는 없다. 그러고 보니 오봉 명절에 받은 김도 남아 있었지.

　그것을 다 먹고 났을 때 권태로운 기분은 이미 완전히 사라져
버린다. 불가사의한 일이다. ＿ ⓜ

코카콜라를 발명한 인물에 대해서는 코카콜라사의 발표를 믿을 수밖에 없지만, 코카콜라를 발명한 동물에 관해서는 내 연구가 가장 선두를 달리고 있다고 자신할 수 있다.

보르네오의 깊은 밀림지대는 독자들도 이미 알고 있겠지만 '코카콜라 나무'의 분포로 유명하다.

이렇게 세계적으로도 진귀한 '액체가 되는 나무'의 벌채는 현지 주민들 사이에서 금기시 되어 있기 때문에 유사 이전부터 한 번도 벌채된 적이 없다.

밀림의 더욱 안쪽까지 들어가 보면 '코카콜라의 마개'를 채집할 수 있는 바위산이 있는데 교양이 풍부한 독자들에게 이런 일반상식적인 이야기를 하려다 보니 다소 신경이 쓰이지만 이야기는 다음과 같다.

'코카콜라의 마개'는 노천 구멍이나 노천 온천 구멍에서 채집할 수 있지만 16세기 초반 스페인 뱃사람이 이 근방에서 생리적인 배설 행위를 했기 때문에 현지주민은 '더럽다'는 이유로 가까이 오지 않는다. 사실 이 바위산 주변은 올리브기름의 썩은 향이 나기 때문에 관광하기에는 무리가 있긴 하다.

바위산의 북쪽에 폭포가 있고, 용추에는 '코카콜라 병'이 12개씩 한 덩어리를 이루어 늘어서 있다. 이런 자연의 은혜는 지역 원주민의 숭배의 대상이 되어 있기 때문에 단 한 병도 움직이거나 만지는 것이 불가능하다. 제2차 대전 중 이곳으로 도망온 일본인 병사가 한 병을 '쌀 씻는 용'으로 갖고 돌아갔다는 정보도 있지만 현지의 장로는 부정했다.

"그럴 일은 절대 없네! 수는 제대로 맞춰 있어."

이 뉴스는 신문의 '해외토픽' 등에서도 소개된 적이 있기 때문에 신문을 읽는 사람이라면 이미 알고 있을 거라 생각하지만 그래도 설명해 둔다.

그럼 코카콜라를 발명한 동물, '코크원숭이'는 어떻게 그런 큰 위업을 달성했을까?

지금까지의 연구로는 '코크 원숭이'가 '코카콜라 나무'에서 코카콜라를 찾아 '코카콜라의 병'에 담고 '코카콜라의 마개'를 달지 않았을까 하는 가설 단계에서 멈췄다. 이 지방에서 서식하고 있는 다른 동물들 오랑우탄이나 아프리카 코끼리, 울트라 맨

타로, 긴 다리 말벌, 판다와 비슷한 카나붕붕 등은 "우린 몰라."라는 코멘트로 일관하고 있지만, '코크 원숭이'들은 연구원들이 마이크를 들이대면 "묵비권을 행사합니다, 후후후"라며 알 수 없는 웃음만 흘린다.

대부분의 드라마를 보면 모자란 사람들은 주로 웃음으로 넘기는 경우가 많다. 그래서 국제회의 석상에서도 웃음으로 흘리는 코크 원숭이가 지목됐다.

"제 오랜 경험으로 볼 때 그 녀석이 수상합니다."

그리고 이 의견을 따라 만장일치로 결정된 것이다.

그러나 이 가설은 어디까지나 현재까지 진행된 연구로 '이렇게 생각하면 납득할 수 있다'라고 여겨지는 정도의 것이다.

이런 불확실한 연구를 교과서에 실을 수 없다는 것 정도 현명한 독자라면 이해해 줄 것이다. _ ⓘ

큰 도르
condor

"7월 26일에는 집 밖으로 한 발짝도 나가서는 안 됩니다."

점쟁이가 말했다.

"손은 어떤가요?"

나는 두려워하며 조심스럽게 물었다.

"손?"

"문 밖으로 손을 내밀지 않으면 신문을 집을 수가 없거든요."

"손은 상관없습니다. 발만 내놓지 않으면."

"발을 내놓으면… 그러니까, 어떻게 되나요?"

"상상도 할 수 없는 일이 일어납니다."

"상상도 할 수 없는 일?"

"그렇습니다."

"예를 들면 큰개미핥기에게 먹혀버린다든가?"

"그런 일은 없습니다."

"왜요?"

"왜냐하면 당신은 이미 그것을 상상했기 때문이지요."

일리 있는 말이다.

특별히 점을 믿는 것은 아니지만 7월 26일 나는 문을 잠그고 집에 틀어박혀 냉장고의 캔 맥주를 마시면서 도어즈의 LP를 전부 들었다. 그리고 상상도 할 수 없는 재앙에 대해서 가능한 모든 상상력을 동원했다. 내가 상상하면 할수록 나에게 나타날 상상도 할 수 없는 재앙의 수는 점점 줄어들었다.

하지만 잘 생각해 보면 그런 것은 무의미하다. 아무리 재앙의 수를 줄인다 해도 그 후에는 반드시 '나에게 상상도 할 수 없는 재앙'이 남아 있는 법이기 때문이다.

이제 어떻게 되든 상관없어.

7월 26일은 날씨가 매우 좋았다. 태양의 강한 햇살이 대지를 비추면서 사람들의 발바닥 안쪽까지 따뜻하게 만들었다. 근처 수영장에서 아이들의 환성이 들려왔다.

상상만 해도 시원한 25m의 수영장.

아니다. 그곳에는 아나콘다가 몸을 숨긴 채 나를 기다리고 있을 것이다.

'아나콘다'라고 나는 노트에 적었다.

그리고 아나콘다의 가능성은 사라졌다. 약간 아쉬운 기분도 들었지만 어쩔 수 없다.

시계가 정오를 지나면서 태양의 그림자가 길어지고 석양이
내렸다. 테이블 위에는 열일곱 개의 빈 맥주 캔이 늘어서 있고,
스물한 장의 LP가 쌓여 있다. 그리고 나는 이미 양쪽에 충분히
질려버렸다.

7시에 전화벨이 울렸다.

"술 한잔 하러 나와."

친구가 말했다.

"안 돼."

나는 말했다.

"하지만 오늘은 특별한 날이야."

"여기도 그래."

급성 알코올중독이라고 노트에 적은 후 전화를 끊었다.

11시 15분에 전화벨이 울렸다. 여자의 목소리였다.

"지난번에 헤어진 후로 계속 당신을 생각했어."

"흐음."

"그때 당신이 한 말, 이제야 알 것 같은 기분이 들어."

"그래."

"오늘밤 만날 수 있어?"

성병 및 임신이라고 노트에 쓴 후 전화를 끊었다.

11시 55분에 점쟁이에게 전화가 왔다.

"집에서 한 발짝도 안 나갔지요?"

"물론이지요."

나는 말했다.

"그런데 한 가지 궁금한 게 있는데요. 제가 상상도 할 수 없는 재앙이라는 게 예를 들면 뭐가 있을까요?"

"예를 들면 콘도르 같은 건 어떨까요?"

"콘도르?"

"콘도르에 대해 뭔가 생각했나요?"

"아니요."

"콘도르가 갑자기 찾아와서 당신의 등을 물고 하늘로 날아올라 태평양 한가운데에 당신을 버릴지도 모릅니다."

그런가, 콘도르인가.

그리고 시계가 12시를 쳤다. __ ⓜ

서퍼

surfer

서퍼도 아닌데 서퍼의 모습을 한 사람들은 시티 서퍼라고 불리며 무시를 당한다.

놀림을 당한 시티 서퍼는 어떤 반응을 보일까? 나는 여기에 흥미가 생겼다.

"하면 되잖아, 하면!"

입을 삐쭉 내밀고 파도를 타러 갈지도 모른다.

"이거 실례했습니다."

교통위반에 걸린 운전사처럼 겸허한 태도로 서퍼의 모습을 그만둘지도 모른다.

하지만 나의 상상과 달리 현실의 시티 서퍼는 전혀 다른 행동을 보이는 것 같다.

"우리는 시티 서퍼인 걸 어쩌라고."

오히려 강한 자세로 윽박지르듯 나온다. 윽박을 지른다는 것은 정확하지 않을지도 모른다. 그들은 심한 추궁을 당한 끝에 자포자기 심정이 된 것은 아니기 때문이다. 잔류했다는 것이 오히려 가깝다고 생각한다.

어째서 나는 그런 생각을 하게 됐을까?

여성주간지를 읽다가 "좋아하는 타입은 밝은 사람이에요. 시티 서퍼 같은 남자도 괜찮고요."라든가 "만나고 있는 사람은 대부분 진지한 학생들이지만, 잠깐 놀고 싶을 때는 시티 서퍼 같은 타입이 좋지요."라고 말하는 여성이 많다는 사실을 알게 됐다.

남성용 잡지에서 혐오될 법한 시티 서퍼가 여성지에서는 혐오는커녕 좋아하는 타입으로 인기를 얻고 있는 것이다.

그런 생각을 갖고 거리를 걷다보면 서퍼로 보이는 남자와 여자가 지천으로 있다. 그들 모두가 정말 당당하게 가슴을 펴고 있는 것 같다.

시티 서퍼들은 '서핑적인 것을 좋아하는 나'라고 당당하게 말하고 있다. 그 당당함 앞에서는 '진짜와 가짜'와 같은 구분이 아무런 의미를 갖지 않는다.

생각해 보면 예전부터 초등학생들이 프로야구 선수와 같은 디자인의 모자를 쓰거나 폴로 경기와 아무런 인연도 없는 회사원A가 깔끔하게 폴로셔츠를 입기도 했다.

시티 서퍼가 현역 서퍼에게 콤플렉스를 갖고 있을 것이라 생각한 내가 틀렸을지도 모른다.

최근에는 '나는 우익 활동을 하고 있습니다.' 라는 말로 여자에게 접근해 '신념이 있는 사람은 역시 어딘가 달라' 라며 인기를 얻고 있는 사람들도 있는 것 같다.

정말 인간이란 지혜를 가진 동물이다. __ ⓘ

돌연사
sudden death

안경을 쓰면서 주위의 여러 가지 것이 갑자기 선명하게 보이기 시작했다. 그동안은 눈치를 채지 못했지만 어느새 눈이 매우 나빠진 것이다. 안경을 끼고 휙 한번 주위를 둘러보니 새로운 차원의 세계로 휙 던져진 기분이 든다.

지금까지 흐릿하게 보인 것이 선명하게 보이게 된 것도 있고, 여태껏 전혀 보이지 않던 것이 보이기 시작한 것도 있다. 구체적으로 말하면 '거대원숭이'는 후자로 분류되는 것이 될 것이다.

내가 커브 길에서 거대원숭이의 모습을 발견한 것은 안경을 끼기 시작한 때부터다. 이것은 확실히 단언할 수 있는 것으로 나는 그전까지 거대원숭이 따위는 한 번도 본 적이 없었다.

일기를 다시 읽어보면 나는 4개월 전 안경을 끼기 시작한 후부터 모두 합쳐 일곱 번 거대원숭이를 목격했다. 즉 평균 한 달에 1.75회라는 것인데 요일별로 말하면 월요일과 목요일, 금요일이 두 번씩, 화요일이 한 번 있다. 때문에 이것은 물론 우연의 소산일지도 모르지만 거대원숭이들은 주말에는 나타나지 않는다고 해석해도 좋을지 모른다.

거대원숭이들이 출몰하는 장소에도 특징이 있어서 최근에는 지하철 긴자선의 라인으로 한정되었다. 그 내역을 자세하게 적어보면

(1) 오모테산도 근방(세 번)

(2) 아오야마 잇초메(한 번)

(3) 토라노몬(한 번)

(4) 쿄바(한 번)

위와 같다.

그러나 이것도 물론 '내가 우연찮게 발견한 것에 한해서는' 이란 조건하의 결과로 실제로 그들은 마루노우치선을 따라서도 출몰하고 있을지 모른다. 왜냐하면 거대원숭이들이 아카사카미쓰케 역에서 반대편의 플랫폼으로 건너가면 요쯔야나 고락쿠엔 쪽으로 가는 것이 가능하기 때문이다.

거대원숭이의 수에 대해서 나는 확실하게 단정을 지을 수가 없다. 일곱 번 본 거대원숭이가 똑같은 한 마리의 거대원숭이일지도 모르고 각기 다른 일곱 마리의 거대원숭이였을지도 모른

다. 아무리 안경을 써서 세상이 잘 보이게 됐다고 해도 일곱 마리의 매우 흡사한 거대원숭이의 털의 차이를 정확하게 보고 분별하는 것은 극히 어려운 일이다. 굳이 변명하려는 것은 아니지만 도대체 누가 그런 것이 가능하겠는가.

일곱 번 본 거대원숭이 중에 가장 확실히 기억하고 있는 것은 쿄바시에서 본 거대원숭이다. 쿄바시역의 계단을 올라 니혼바시로 가는 킨포도 안경점 커브 길에 거대원숭이가 서 있었다. 중앙공론사에서 큰 길로 나오는 커브 길이다. 원숭이는 털투성이 손에 거대한 스패너를 쥐고 커브를 돌아 나타나는 누군가를 계속 기다리고 있었다. 원숭이는 허리를 굽히고 손을 지면에 거의 닿을 정도로 늘어뜨리고는 꼼짝도 하지 않았다. 어쩌다 한번 하얀 숨이 입 주위에서 나올 뿐 부동자세로 있는 그를 보고 나는 혹시 그것이 박제 원숭이가 아닐까 생각했다. 그러나 거대원숭이는 확실히 살아 있었고, 오른손에 든 스패너로 누군가를 죽이려 하고 있는 거다.

그리고 그 누군가는 곧 자신이 맞아 죽을 거라고는 꿈에서도 생각지 못했을 것이다.

나는 그때 중요한 일이 있어서 마지막까지 결과를 확인하지 못했다. 과연 거대원숭이는 누군가의 머리를 때려 순조롭게 돌연사를 맞이하게 하는 것이 가능했을까? _ ⓜ

샐러리맨

s a l a r y m a n

비를 보는 게 취미인 샐러리맨이라고 하면 마루코메 마을 근처에서는 모르는 사람이 없다.

도미타 노부유키는 그만큼 일본에서는 신기한 사람이다.

외국의 팝송에는 비를 바라보니 너와의 추억이 떠올라 이랬다는 둥 혹은 내리는 비를 바라보며 나는 뭘 했다는 등과 같은 가사가 자주 나온다.

그 쪽은 비가 내리는 일이 드물기 때문에 사랑에 빠진 남녀는 곧 그 녀석을 응시하게 되어 버리게 된다.

그러나 도미타 노부유키의 생활 속에서 비는 결코 드문 일이 아니다.

그런데도 그는 비를 본다. 그것을 취미로 하고 있다. 게다가 다른 사람에게 자신의 취미는 비를 보는 것이라고 광고까지

한다.

　하늘이 맑았다 흐렸다 하는 목요일 오후, 그는 회사를 빠져나가 커피숍에 갔다.

　"커피. 블랙으로."

　프림과 설탕은 원래 커피와는 따로 가져다 주기 때문에 특별히 블랙으로 마신다고 선언할 필요는 없지만 도미타 노부유키는 무심코 말해 버린다.

　어제부터 이 가게에는 새로운 여자 종업원이 있다.

　"저는 비를 보는 것을 좋아합니다."

　커피를 가져온 신입 종업원에게 도미타 노부유키가 조용하게 말했다.

　"어머, 죄송합니다. 커피가 아니었나요?"

　종업원은 도미타 노부유키가 말한 것이 잘 들리지 않아서 분명 자신이 뭔가 실수했을 거라고 생각했다.

　"아뇨, 비에 관한 것입니다."

　"아, 비요. 죄송합니다."

　도미타 노부유키는 빙긋이 입술 끝을 올리며 머리를 옆으로 흔들었다.

　"맛있네요, 이 커피."

　"네."

　카운터 안쪽에 있는 선배 종업원이 웨이트레스를 손짓으로 불렀다.

"저 손님은 이상하니까 참견하지 않는 게 좋아."

사이폰에 조금 남아 있는 커피를 물속에서 꺼낸 컵에 따르더니 선배 종업원은 스스로 그것을 마셨다.

신입 종업원은 일주일 만에 그 가게를 그만 두었지만 다음 근무처인 미용실에서 매일 커피를 마시러 와서는 비가 좋다는 둥 어떻다는 둥 말한 도미타 노부유키란 남자에 대해 사람들에게 말했다.

"이상한 사람을 만났구나."

선배들은 그다지 흥미를 갖지 않았지만 드라이어를 하는 손님 혼자만이 입을 열었다.

"웬 호모 같은 남자가 하도 꺅꺅거려서 잘 안 들렸는데 그 사람이라면 나도 알고 있어. 요시카와라는 사람 아니야? 전에 내가 하마마츠 커피숍에서 일할 때 매일 왔었어."

"네? 아니요. 전 도미타 씨라고 들었는데요."

한편 요코다 아키라는 일본에서는 드물게 비를 보는 것이 취미인 샐러리맨으로 그에 대해서는 헤이와 마을의 주민이라면 모르는 사람이 없다.

이야기는 다르지만 오가타 게이지는 비를 보는 것을 취미로 하고 있는 샐러리맨으로 오이마츠 마을의 사람들이라면 모두 알고 있었다.

오늘도 오후의 날씨는 맑았다, 흐렸다.

커피숍에서는 비를 보는 것을 취미로 하고 있는 일본에서 드문 샐러리맨이 몇 명 혹은 몇십 명이 블랙 커피를 마시고 있을 것이다. __ ⓘ

시즌
season

광고를 잘 모르는 사람이 만드는 광고에는 일정한 패턴이 있다.

그 대표적인 것이 '~해보지 않겠습니까?' 라는 문구다.

만든 본인의 말을 들어보면 다음과 같이 말한다.

"해본 적이 없는 사람을 향해 '해라' 라고 명령하는 것은 건방지고, '해주십시오' 라고 부탁하는 것은 너무 약해 보입니다. '하면 득이 됩니다' 라는 것을 표현하기 위해서는 '해보지 않겠습니까?' 라고 정확히 표현하는 게 되는 것이지요."

미용실이나 이발소의 유리에는 종종 손으로 그린 일러스트가 들어가 있는 포스터와 함께 다음과 같은 카피가 쓰여 있는 것을 볼 수 있다.

〈당신도 NOW 유행하는 아이론 파마를 해 보지 않겠습니

까?〉

〈우아한 당신! 해초 파마로 해보지 않겠습니까?〉

최근에는 아마추어도 광고를 보는 눈이 예리해졌다고 소심한 오랜 경험자는 큰일이라도 되는 듯 말한다. 그러나 아마추어는 역시 아마추어로 막상 자신이 카피를 쓸 단계가 되면 '해보지 않겠습니까?'의 수준까지 급강하해 버리기 때문에 아마추어의 눈 따위 신경 쓸 필요가 없다.

그리고 '해보지 않겠습니까?'와 함께 또 하나의 고전적인 카피가 '여름하면 역시!'이다.

'여름하면 역시! 장어', '여름하면 역시! 밥' '여름하면 역시! 게다(일본 나막신)' '여름하면 역시! 유카타(홑겹의 기모노)' '여름하면 역시! 녹차', '여름하면 역시! 고기', '여름하면 역시! 독서' 바로 얼마 전에는 '여름하면 역시! 택시'라는 명작까지 봤다.

유카타나 게다와 같은 것은 '여름하면 역시!'라고 일부러 강조할 필요 없이 '여름' 정도가 적당한 선이 아닐까 생각하지만 어쩌다 장어나 고기까지 같이 쓰게 된 것일까.

기본적으로 여름이 되면 불경기가 되는 상점이나 상품이 '여름하면 역시!'를 애용한다. '여름하면 역시!'라는 글을 본 손님들은 '그러고 보니 여름에는 이런 것이 잊혀지긴 하지.'라고 생각할지도 모른다. 하지만 잘못하면 '지금 장난하나!'라고 화를 낼 가능성도 있다.

'여름하면 역시!' 라고 자신도 모르게 당연시 써 버리는, 마을의 카피라이터들은 말의 유효성을 믿고 있는 것이겠지.

혹시 땀이 줄줄 흐르는 커피숍에서 아이스커피 따위를 마시면서 '여름하면 역시! 유미코 씨' 라면서 여자랑 노닥거리고 있을지도 모른다.

유미코 씨는 '더우니까 너무 가까이 다가오지 마.' 라며 말의 무력감을 몸으로 느끼고 있을지도. 이봐, 계속 몰아붙이기만 하는 모토히로 씨(아, 갑자기 이름을 붙여서 미안).

"그러니까 여름하면 역시! 유미코 씨, 저와 해보지 않겠습니까?"

무리! 100퍼센트 무리예요. ＿ ⓘ

우리는 *시즌이 끝난 리조트 호텔에 묵었다.* 도로의 눈이 녹기 시작하면서 모든 것이 질퍽질퍽해지는 가장 기분 나쁜 계절이다. 넓은 식당에는 우리 이외의 손님의 모습은 보이지 않았다. 사실 우리 외에 호텔의 숙박객은 한 명도 없었다. 웨이터가 3명 있었지만, 세 명이서 돌아가며 뒤돌아 하품을 해대고 있었다. 식당의 왼쪽 반은 전기를 꺼서 어두웠다. 우리는 그런 분위기 속에서 농어 요리를 먹었다. 마치 세계의 종말이 머지않은 기분이 들었다.

"……하게 된 거였어."

나는 롤빵을 잘게 찢으며 테이블 너머 여자친구에게 말했다.

"어떻게 생각해?"

그녀는 조용히 십초 정도 내 얼굴을 바라봤다.

"미안, 다른 생각을 하고 있었어."

뭐 됐어. 그리고 나는 불친절한 공인회계사 같은 맛이 나는 빵을 입 안으로 밀어 넣었다.

시즌 오프의 리조트 호텔만큼 근사한 장소는 없다. 그곳에 있으면 마치 내년의 시즌 오프까지 덤으로 산 것 같은 기분이 든다. __ ⓜ

세이빙 크림
shaving cream

세이빙 크림에는 어딘지 스코틀랜드의 왕자 같은 멋이 있다. 뭔가 사정으로 인해 세이빙 크림의 모습을 하고 있는 것이다. 아마 왕위계승 문제 같은 게 아닐까? 때때로 내가 줄리안 브림의 류트 레코드판을 틀어놓으면 그는 내게 말을 걸기도 한다.

"자네 안목이 꽤 괜찮군. 볼륨을 좀 더 높여주지 않겠나?"

분명 스코틀랜드의 까다로운 왕위 계승 때문에 싫증이 나버린 것이라는 게 나의 추리다.

그런 이유로 나와 세이빙 크림의 모습을 한 스코틀랜드의 왕자는 둘이서 한 명의 여자를 공유하고 있다. 월수금은 그가 침대에서 그녀와 자고, 나는 부엌에 담요를 깔고 잔다. 화목토는 그 반대다. 그리고 일요일에는 그녀는 요코하마의 집으로 돌아가고 나와 세이빙 크림의 모습을 한 스코틀랜드의 왕자는 둘이서 밤새 트럼프 게임을 한다. 그리고 밤이 걷힐 무렵 나는 수염을 깎고 잔다. __ⓜ

시게사토 이토이
Shigesato itoi

정직하게 말하면 나는 이토이 씨와는 몇 번 밖에 만난 적이 없어서 자세한 것은 잘 모른다. 일의 성격상 혼자 있는 경우가 많은데다 비교적 낯가림을 하는 성격이기 때문에 이토이 씨뿐만 아니라 다른 대부분의 사람과도 몇 번씩 밖에 만난 적이 없어서 자세한 사정에 대해 잘 모른다. 하지만 잡지 같은 것을 휘리릭 넘겨보면 가끔씩 이토이 씨의 얼굴이나 문장을 볼 수 있기 때문에 스스로 느끼기에는 계속 이토이 씨와 얼굴을 마주하고 있는 듯한 기분이 든다.

나는 원래 이토이 씨가 쓰는 산문의 팬으로 십 년 정도 전에 잡지 『다카라지마』에 연재된 '중산 계급의 친구' 시절부터 변함없이 이토이 씨의 문장을 좋아하며 읽고 있기 때문에, 나로서는 문장을 매개로 이토이 씨와 얼굴을 마주하고 있는 것에 아무런 저항이 없다.

세상에는 '그 녀석은 좋은 녀석이지만 문장은 재미없어' 라든가 그 반대로 '그 녀석은 기분 나쁜 녀석이지만 문장은 좋아' 와 같은 경우가 종종 있지만, 이토이 씨의 문장은 그런 면에서는 매우 특이하다. 그래서 '–하지만–' 과 같은 종류의 전환을 찾을 수 없다. 이런 점은 확실히 소설가의 문장과 색조가 확연히 다르다.

노천 상점을 예로 들면(이상한 예지만) 소설가의 문장이란 것은 '오늘은 여기까지' 라며 문을 닫아도 그 뒤에는 온기나 그림자와 같은 것이 남아 있기 쉽다. 그러나 이토이 씨의 문장은 '오늘은 여기까지' 라고 하면 정말 거기서 끝으로, 그 뒤에는 처음 노점이 세워지기 이전의 공간 밖에 남아 있지 않다. 존재하는가=존재하지 않는가와 같은 완벽한 양자택일, 그런 의미에서 이토이라는 사람은 천재적인 축제전환인임에 틀림없다고 나는 생각한다. 조금 전까지는 지극히 일상적이었던 공간이 갑자기 100퍼센트 완전한 축제 공간으로 변하거나 혹은 그 반대와 같은 경우를 만들어 낼 수 있는 사람이다. ___ ⓜ

시티보이
city boy

땀 냄새는 코롱으로 사라진다는 것을 알고 있는 사람. 그 중에 80퍼센트는 손수건을 갖고 있지 않다.

도시의 뒷길에 정통한 사람. 왠지 마루노우치 주변의 지리에는 밝지 않다.

시티 걸 이외의 여성을 꼬이는 것이 특기인 사람. 이유는, 잘 모르겠다. ＿ ①

샤워

shower

역시 *샤워는 뭔가가 부족하다.*

우선 샤워는 몸을 따뜻하게 데워주지 못한다. 뜨거운 물의 온도도 안정적이지 않다. 또한 배를 깔고 엎드려 누울 수도 없다. 샤워기를 고정시키는 금속이 잘못 부착되어 있기라도 하면 원하는 부분에 뜨거운 물이 닿질 않는다.

항상 샤워기에서 물이 흐르고 있기 때문에 왠지 마음이 편치 않고 부산하다.

욕조에서는, 보통 목욕탕에서 할 수 없는 일을 하면서 왠지 횡재한 듯한 기분이 들지만 샤워를 틀어놓은 채로 그런 짓을 하면 그저 불경스러운 기분이 들 뿐이다.

샤워 따위 뭐가 훌륭한지 모르겠다.

외국의 호텔에 숙박할 때 화가 나는 것은 샤워기만 있고 욕조가 없는 방이 배정 되었을 때다.

"나는 몸을 따뜻하게 데우고 싶다고요."

이렇게 하소연이라도 하고 싶어진다.

"욕조 안에서, 보통 목욕탕에서 하지 않는 짓을 하며 왠지 횡재한 기분을 느끼고 싶습니다."

이런 식으로 부탁해도 콧방귀도 안 뀌고 비웃음만 당할 테니 그런 건 말할 생각도 없다. 아, 아니다. 그런 것 자체를 할 생각도 별로 없다. 따뜻하게 데우거나 몸을 불려 때가 잘 나오도록 하고 싶다. 이런 일본인 특유의 정서를 어떻게든 외국의 사람들에게도 알리고 싶을 뿐이다.

하지만 잘 생각해 보면 이보다 더 화가 나는 경우가 있다.

욕조가 있고 그 안에 뜨거운 물이 제대로 담겨 있지만, 웬걸 샤워기가 붙어 있질 않다.

씻는 곳이 있는 것도 아니고 헹굴 때 쓰기 위한 수도가 달려 있는 것도 아니다. '여기서 비누를 사용해 적당히 씻고 나오시오' 라는 극히 난폭한 시스템이 설치되어 있는 것이다.

이런 비참한 욕실을 그 나라 사람들은 기쁘게 이용하고 있다는 건가?

내가 이런 열악한 욕실 환경을 어떤 방식으로 극복했는지 알려주고 싶다.

첫 번째, 비누를 사용하지 않고 그냥 몸을 담그고 나온다.

두 번째, 세면대의 컵으로 뜨거운 물을 떠서 마지막 헹굼물로 몸에 끼얹는다.

최근에는 주로 이 두 가지로 참아내고 있다. ＿ ①

정글북

jungle book

"사랑 따위로 배를 채울 수 있단 말인가."
거미 원숭이는 말했다. ＿ⓜ

gle book

쇼트 스톱
short stop

"쇼트스톱은 점수를 얻을 수 있는 건가?"

한 친구가(연상) 말했다.

"어떤 의미에서는 되겠지만, 점수를 넣지 못하게 하는 역할로 서의 의미가 강하지요."

"아, 그럼 아웃인가?"

"아뇨, 세이프로 취급하는 경우도 있습니다."

"쇼트 골과 쇼트스톱은 같은 건가?"

"일단은, 쇼트 관계라는 점에서 공통하는 부분이 있기는 하지 만……."

이 질문자는 이전부터 수많은 훌륭한 질문을 해왔다.

"불펜은 강한가?"

"라인백은 아웃일까, 세이프일까?"

이런 사람의 주위 인물들은 이 사람이 언제까지나 이대로 변함없길 바라는 마음에 애매한 대답으로 답을 영영 찾을 수 없도록 만든다.

　　가끔은 "저기 봐요. 지금 홈런 사인을 냈으니 괜찮아요."와 같은 것을 귀에 속삭여 주기도 한다.　ⓜ

징크스

jinx

흔히들 *검은 고양이가 앞을 지나가면 재수가 없다 하지* *만 그 정도는 아무 것도 아니다.* 나는 검은 고양이를 키우고 있 으니까.

그러나 노벨상에 떨어진 날에는 안 좋은 일이 일어났다. 작년 에는 공중전화에 넣은 10엔짜리 동전이 통화가 끝나고 남아 있 었는데도 다시 나오지 않았다.

자동차 사고를 당해 한쪽 다리가 없어진 날도 운이 없는 일이 많았다. 핫도그 사이에 끼워져 있는 위너 소시지를 그대로 바닥 에 떨어뜨려 버린 것이다.

비가 내리는 날에도 되는 일이 없다. 갓 사온 우산을 쓰기도 전에 홀딱 적셔버렸다.

밤중에 강도가 들어왔을 때에도 불길한 일이 일어났다. 요전

번에는 재활용 쓰레기를 버리는 날 쓰레기 내놓는 것을 잊어 버렸다.

교실에 들어갔을 때 앞에 미인의 여학생들만이 앉아 있으면 되는 일이 하나도 없다. 너무 기쁜 나머지 오줌을 지린 적도 있다.

그러나 역시 목숨을 잃었을 때가 최악이다. 그 날이 복권의 발매일이었다. ＿ ⓘ

스퀴즈
squeeze

"**서드** 베이스와 홈 베이스 사이에."
라고 시합 후 오오스기 선수는 말했다.
"북회귀선과 같은 게 있어서
그것이 내 발을 멈추게 한 겁니다."

1981/ 9/ 2

* '야쿠르트 스왈로즈 시집' 에서 __ ⓜ

슈퍼맨

superman

바닷속으로 도망치는 악당을 뒤쫓으면서 슈퍼 자이 언트는 멋진 평영을 했다.

그러나 어린 나는 평영으로 따라잡을 수나 있을까 생각했다.

슈퍼 자이언트에게는 또 한 가지의 결점이 있었다. 항문이 지나치게 볼록하게 튀어나와 있었다. 어린 나는 너무 볼록해서 부끄럽지 않을까 생각했다.

제트소년 마르스는 아오모리 현의 사건을 해결하기 위해 전화를 끊자마자 바로 초음속의 스쿠터를 타고 달려갔다. 강아지 제트는 자신의 다리로 달려 그 뒤를 쫓았다.

어린 나는 누군가가 '세인, 가자!' 라고 말한 것으로 생각했다.

칠색가면에게는 특별히 거슬리는 행동은 눈에 띠지 않았지만 얼굴이 야채 순무랑 너무 닮았다.

어린 나는 왜 하필 순무랑 닮았을까 생각했다.

슈퍼맨은 천황도 마음에 들어 한 텔레비전 방송이었다고 한다. 그 사실을 들은 어린 나는 천황도 보고 있는데 변함없는 활약으로 얼버무려 넘기는 슈퍼맨이 칠칠치 못하다고 생각했다.

지금의 나는 어른이기 때문에 그런 것은 생각하지 않는다. ＿
ⓘ

star wars

아주 먼 옛날

은하의 끝에서

야쿠르트 스왈로즈는 우승했던가……?

1986/ 3/ 24

* '야쿠르트 스왈로즈 시집' 에서 __ ⓜ

스테레오타입
s t e r e o t y p e

"**그래서,** *얘기를 계속 하자면요.*"

젊은 여자가 말했다.

"어쨌든 굉장히 재능이 있는데, 상당히 특이한 사람이에요."

"그렇군."

"예술대학에서 유화를 6개월 정도 배우다가, 학교에서 가르치는 회화가 마음에 들지 않아서 그 길로 휴학하고 선원으로 화물선에 탔어요. 거의 무일푼으로."

"그래? 흐음."

"그런데 배가 이집트에 도착했을 때 그는 갑자기 열병에 걸려 배에서 쫓겨나다시피 내리게 되었어요. 그래서 알렉산드리아의 병원에 3개월 동안 입원했는데, 그 사이에 배는 이미 일본을 향해 출항해버렸지요."

"그거 큰일이군."

"하지만 당황한다고 해서 뾰족한 수가 없다는 생각에 일단 알렉산드리아에 자리를 잡았어요. 그리고 생활비를 벌기 위해 나이트클럽에서 기타 연주를 시작했지요. 그는 노래를 매우 잘 부르니까. 그의 노래는 한번쯤 들어볼만 하거든요."

"재능이 있나보네."

"이것저것 하고 있는 사이에 어떤 이탈리아인 대부호가 그의 노래를 듣고 큰 감동을 받아서는 자신은 대형 요트를 갖고 지중해를 왔다갔다 하고 있는데 거기에 선원 겸 가수로서 타지 않겠냐고 물어왔어요."

"좋은 제안이네."

"그런데 실상은 그렇지도 않은 게 그 이탈리아인은 밀수업자로 호모 섹슈얼이란 사실을 알았지요. 하루 빨리 도망가지 않으면 안 되겠다는 생각이 들었지만 그 사실을 알게 된 것은 베이루트 해협에서 10킬로미터나 떨어진 곳이었어요."

"이런 낭패가 있나."

"하지만 그는 수영에 자신이 있었기 때문에 여권과 지갑을 허리춤에 둘러매고 밤바다를 십 킬로미터나 떨어진 베이루트 해안까지 헤엄쳤어요."

"터프하군."

"베이루트에서 그는 항만노동자가 되어 돈을 벌었고 철도를 갈아타면서 이란에서 인도해로 향했어요. 그 사이에 심한 이질에 걸려 죽을 고비를 넘기길 여러 번, 산적에게 습격도 당했지요."

"험난한 여정이네."

"결국 인도에 도착할 때까지 2개월이 걸렸어요. 그러나 인도에 간 것을 계기로 그는 변했어요. 그는 지금도 인도가 없었다면 자신도 없었다고 말하지요. 인도는 그에게 그 정도로 중요한 체험이었어요."

"대단해."

"4년 동안 그는 인도에서 생활했어요. 그리고 일본에 돌아왔어요. 하지만 그는 일본에 익숙해지지 못했고 일본도 그를 받아주지 않았어요. 일본의 화단은 굉장히 권위주의적인데다 자신의 범위 밖에 있는 것은 결코 인정하려 하지 않거든요. 이런 저런 이유로 그는 중앙 화단에 정나미가 떨어져 산 속으로 들어갔어요. 그게 벌써 12년 전의 일이지요."

"오래됐군."

"지금은 아내와 둘이서 밭을 일구면서 붓이 가는대로 그림을 그리고 있어요. 도쿄에는 일 년에 두세 번 정도 밖에 나오지 않아요. 그래서 이름도 알려지지 않았지요. 정말 재능 있는 사람인데."

"저기, 혹시 그 사람 집에 가면 밭에서 막 따온 토마토를 내오지 않나?"

　"네, 정말 싱싱하고 맛있는 거."

　"토속주를 차갑게 식혀 마시고 흥이 나면 봄노래를 흥얼거리지? 그 사람."

　"어떻게 알고 계세요?"

　"왠지 그냥 그런 기분이 들어서."

　"흐음." ⓜ

〈주〉 스테레오타입= 틀에 박힌 타입

스트레이트
straight

바다거북과 트럼프 놀이를 할 때는 절대 두근거리는 즐거움을 기대해서는 안 된다. 왜냐하면 바다거북이 어떤 패를 갖고 있고 무엇을 생각하고 있는지 맞추는 것은, 그야말로 눈밭에서 낮잠을 자고 있는 까마귀의 수를 세는 것만큼 간단하기 때문이다. 그런 상대와 매일 밤 트럼프를 해봤자 재미있을 리가 없다.

예를 들어 포커를 하고 있다가 바다거북이 갑자기 카드를 테이블 위에 엎어 두고 의자에서 내려 등딱지를 바닥에 대고 빙그르르 2회전 한 후, 핫! 하고 기합을 넣고 다시 돌아올 때가 있다. 이것은 바다거북이 투 페어를 완성했다는 뜻이다. 즉 바다거북은 투 페어가 완성될 때마다 이런 행동을 한다.

부엌에 가서 수도꼭지를 비틀어 양손에 퉤퉤, 침을 뱉고 나서 그 손을 씻고 이어서 양치질을 하고 돌아올 때도 있다. 이럴 때는 트리플이다. 그리고 이런 버릇에 대해 정작 당사자는 자신이 그런 행동을 하고 있는 것 따위는 눈곱만큼도 눈치 채지 못한다.

그렇기 때문에 물론 나는 항상 승부에서 이긴다. 그리고 바다거북은 언제나 고개를 갸우뚱거린다.

"마치 자네에게 마음을 읽히고 있는 것 같아."

"그런 건 아니지만, 자네에게는 약간의 사소한 버릇이 있지."

나는 말했다.

"뭐랄까, 무의식적인 행동 같은 거야."

"그래? 전혀 눈치 채지 못했어. 그런 버릇이 있을 거라고는. 자네는 심리학자구만."

"뭐, 그렇지."

쓴웃음을 지으며 나는 답했다.

바다거북은 지금 콧구멍을 벌렁거리며 책상 위의 메모 용지를 한 장 찢어 가위로 초승달을 오려내고 있다. 아무래도 그는 스트레이트를 완성한 것 같다. __ ⓜ

그라비어인쇄와 활자판을 각각 24페이지, 32페이지씩 사용해서 만든 특집은 〈눈사람 가족의 최후〉라는 타이틀이었다.

표지에는 우선 작년 연말 즈음 세상을 떠난 백 세가 넘은 눈사람 할아버지의 웃는 얼굴이 있다. 절대 녹지 않겠다는 의지의 힘을 백 년 이상이나 지속시키는 고통이 어느 정도였을까. 미지근한 목욕물 정도의 체온으로 하루하루의 양식에만 신경을 쓰는 인간들은 헤아릴 수 없을 것이다.

숯가루로 만든 눈은 탄소의 궁극 목표인 다이아몬드 직전 단계까지 접근해 투명감이 있는 깊고 시커먼 빛을 내뿜고 있다. 사진에는 하얀 색으로 'SEE YOU AGAIN' 이라고 인쇄되어 있는데 이것은 의역해서 일본어의 '명복을 빈다' 라고 한다. 그다지 좋은 번역이라고 하긴 힘들다.

권두의 컬러 그라비어에는 눈사람들의 문화유산, 생활 사진, 민예품, 패션 등이 소개되어 있다. 그 중에서도 만개한 튤립마을의 한가운데에 눈사람 민요 '릿쿤당클팁'을 노래하는 작은 눈사람들의 여리고 귀여운 표정에는 그들을 박해 해온 사람들조차 마음을 빼앗길 것이다.

다음의 흑백 그라비어의 페이지는 취향이 약간 짓궂다. 눈사람이 일으킨 엽기적인 범죄와 사건이 두꺼운 글씨체로 쓰여 있고, 입자가 지저분한 사진이 붙어 있다. 게다가 세밀 터치 방식의 그림판으로 눈사람 해부도라는 이름의 '의학자료' 페이지가 있어서, 이 부분의 편집방식에 대해서는 전부터 말이 많았다고 한다. 특히 입체로 만들어 놓고는 '사랑의 모든 것'이란 위선적인 타이틀을 붙여 음란하게 표현한 부분이 눈사람과 인간의 우호적인 관계를 위험하게 만들지 않길 바랄 뿐이다.

활판 페이지의 논문에는 주목할 만한 것이 많다.

'중기왕조 시대 눈사람들이 민속음악'(하야카와 도조)과 '서쪽도 동쪽도'(마쓰모토 제코)의 관점이 교차하는 곳에서 눈사람과 인간의 미래가 살짝 엿보이는 것 아닐까? 성급한 결론은 피하고 싶지만 '제5빙하기의 제례와 인간 유전자'(간다 이사무)에 쓰인 과학자의 쇼킹한 정보는 당분간 논란을 불러일으킬 것이다. 단지 논자가 '파토스적 경향'이라고 설명하고 있는 정형시의 문체(7·7·7·5의 4구로 되어 있는 리듬)는 역효과가 아닐까 생각하지만.

편집후기를 보면 다음과 같은 글이 있다.

"차가운 사랑이란 따뜻한 사랑이 깊이 진행해 가는 모습입니다. 인간들이 항상 뜨겁게 기화해서 천국까지 도달하고자 하는 사랑의 방식에 비해, 제로지점의 앞까지 되돌려 영원을 추구하려고 한 눈사람의 사랑의 방식을 인간은 역시 영원히 이해하지 못할지도 모릅니다." __ ⓘ

스웨터의 유람은 좀처럼 보기 힘든 광경이다.

어느 겨울 밤, 우연히 그 모습을 관찰한 적이 있었는데 매우 아름답고 따뜻한 풍경이었다.

나와 애인은 히가시 고엔지의 다다미 여섯 장짜리 아파트에서 섹스를 하고 포테이토칩을 먹었다.

당시 나는 19세로, 19세의 남자에게는 그 날 처음 만난 여성이라도 저녁 반나절 정도만 같이 지내면 그 사람은 애인이다.

나와 애인은 서로 애인이 되려는 흑심을 갖고 둘이서 지하철에 탔다. 그때가 분명 밤 9시 정도였다.

라임주스와 얼음, 진을 비닐봉투 속에서 꺼내고 뿌연 유리컵을 두 개 준비했다.

수도꼭지를 비틀자 끼익 하는 높은 비명 같은 소리가 조용한 아파트에 울렸다. 우리들은 일련의 양식처럼 라임주스를 마셨다.

브라운관만 남기고 전체를 빨간 페인트로 칠한 텔레비전의 스위치를 켜고 화면의 빛을 조명으로 나와 애인은 창문틀에 걸터앉았다.

옆방의 학생이 수도를 사용하고 있는지 내 방까지 끼익 하는 소리가 전해졌다.

우리는 애인이 될 시간을 밀어두고 잠시 동안 친구처럼 지냈다.

잠시 후 텔레비전의 화면은 흔들리는 회색 화면이 되어 지직거리는 소리만이 울리기 시작했다.

서로의 말을 브라운관에서 비추고 있는 배경색에 반사시켜 이야기하던 나와 애인은 직접, 서로를 향해 대화하게 되었다.

나는 볼륨만을 줄이고 아무 영상 없이 빛만 남아 있는 화면을 그대로 두었다. 조작은 모두 발로 했다.

그리고 나와 애인은 드디어 섹스를 했다.

아침이 밝아오고 우리는 겨울바람을 즐기기 위해 창문을 열었다.

신주쿠 쪽에서 색색의 스웨터가 무리를 이루어 춤을 추듯 날아오는 것을 먼저 발견한 건 나였다.

기류와 기후의 문제로 스웨터의 유람은 주로 겨울에 그것도,

한밤중에 보인다.

"멋있다. 우린 운이 참 좋아."

약 30분 정도 후 스웨터 무리는 오기쿠보 쪽으로 사라졌다.

나와 애인은 각자 근처에 사는 친구에게 그 사실을 알리려 했지만 전화박스까지 꽤 거리가 있었기 때문에 그냥 둘만 즐기기로 했다.

그 때의 무수한 스웨터가 무리를 이루며 밤하늘을 비행하는 풍경은 지금도 확실히 떠올릴 수 있지만 애인의 얼굴은 완전히 잊어버렸다. __ ①

제록스

zerox

제록스의 유리판에 맨 엉덩이를 올리는 여자는 싫다고 말한 남자가 어떤 이유에서인지 스위치를 ON으로 하고 있었다니 이상하네, 라고 웃으면서 그 중 한 장을 나에게 보인 녀석이 있었는데, 양쪽 다 그냥 그렇다고 생각해 이거 제록스건가 라고 무심코 말해버린 내가 부끄러웠지만, 나쁜 것은 인간이 아니라 죄는 모두 이 제록스라는 기계에 있다고 생각했다가, 죄를 미워하되 사람은 미워하지 말라는 말을 토대로 생각해 보면, 역시 기계에 불만을 말하는 것도 인간을 미워하는 것과 똑같은 것 같다는 생각에, 귀찮은 것은 젖혀 두고 재미있게 놉시다 여러분, 하고 말하면서 옆에서 야차(野次)가 날라 다니지, 주간지가 날라 다니고, 아기는 울지, 일이 이렇게까지 된 지경에 눈이 떠진다면 좋을 텐데, 내 꿈을 제록스로 복사하려는 악당이 잠입해

소울메이트

142
143

있었기 때문에, 운이 나쁘게도 나는 체포되어 사형을 선고 받게 된 것입니다. ___ ⓘ

소프트크림

soft cream

"소프트크림을 사줄게."라며 아이를 유괴하는 범죄자가 아직도 있을까?

내가 아직 유괴당해도 이상하지 않을 나이의 시대에는 그런 사람이 많이 있었다.

누구도 거부할 수 없는 소프트크림은 우리의 동경이었다.

나는 소프트크림이 아이스크림 장인의 실패에 의해 우연히 탄생한 것이란 것도 알고 있고, 용기의 콘은 지나치게 차가워진 혀를 쉬게 하기 위한 것이란 사실도 알고 있다. 하얀 색상의 바닐라, 브라운 색상의 초콜릿, 레드 색상의 스트로베리의 3종류가 있다는 것도 알고 있고, 그 중 2가지까지는 믹스해서 살 수 있다는 것도 알고 있다. 성실하게 끝에서부터 핥아 먹으면 언젠가 무너져 손을 더럽히거나 길에 떨어뜨리기 때문에, 위의 뾰족

한 부분은 급히 먹어야 한다는 것도 이해하고 있다.

그러나 언제나 불확실한 것은 어떤 맛인가 이다.

맛없는 것은 언제까지나 혀가 기억하지만, 동경할 정도로 맛있는 것은 이상하게도 금방 잊어버린다.

콘의 바닥 부분을 아쉬워하면서 할짝할짝 먹고 있는 사이에 항상 소프트크림의 맛을 잊어버리곤 했다.

삼 일 연속 먹을 수 있다면 아니, 이틀에 걸쳐 2개를 먹게 해 준다면 소프트크림의 뛰어난 맛은 영원히 내 것이 될 수 있을 텐데.

하지만 그런 꿈같이 얘기가 가능할 리도 없으니, 나나 내 친구들은, 상상할 수 없을 만큼 맛있는 소프트크림을 하나의 지식으로 이야기를 나누곤 했다. ＿ ⓘ

소프트볼

softball

문명의 진보는 전인구 대비 소프트볼 애호가의 비율에 정비례한다는 연구가 있습니다.

그러나 문명이나 진보 같은 개념 자체에 의혹의 눈길이 가는 오늘날, 그런 연구 결과가 발표됨에 따라 세계의 여론에게 공격 당한 나라가 나올 것은 자명한 일입니다.

던지고, 치고, 달리고, 잡는 순수하고 맑은 소프트볼의 기본 동작이 이번 연구의 발표에 의해 불순하고 지저분한 행동으로 사람들의 불신감을 사게 되었다는 것도 생각해볼 일입니다.

아가씨가 팔을 돌려 공을 던진다. 소녀가 방망이를 쥐고 공을 때린다. 점심시간의 회사원이 날아가는 공을 쫓는다. 초등학생 이 루를 차고 달린다. 이런 것이 부정되고 금지되는 시대가 곧 올지도 모르는 것입니다.

개발도상국의 경우 소프트볼 인구가 매우 적기 때문에 모두가 느긋하고 자유롭게 안심하고 소프트볼을 즐기고 있는 것 같습니다.

종이의 소비량이나 하수도 완비 비율, 소고기 소비량, 에어컨 디셔너의 보급률 등으로 문명을 자만하던 시대가 지금 생각해 보면 그저 그리울 뿐입니다.

소프트볼 애호가의 제군들! 제군들은 하나도 나쁘지 않습니다.

그저 운명인 것입니다. 현상 자체가 비극인 것이지요.

그러나 구제 방법이 전혀 없는 것은 아닙니다. 같은 연구실 학자의 보조적인 연구에 의하면 '전인구 중 소프트볼 애호가의 비율과 함께 기술의 질을 더욱 높여야 되지 않을까' 라는 것도 있다고 합니다. 이것이 사실이라면 낭보가 아닐 수 없습니다.

제군들은 최대한 서투르게 던지고, 서투르게 치고, 서투르게 잡고, 서투르게 달림으로써 문명의 진보에 역행할 수 있는 것입니다.

한결같은 연습에 의해 좋은 것만 선발해, 체로 걸러내 소프트볼을 즐기는 사람의 수를 줄일 것인가, 혹은 더욱 더 못하게 연습해서 기술의 저하를 쟁취할 것인가 선택의 길은 둘 중 하나입니다.

그러나 연구가 발표되고, 문명이나 진보에 대한 의혹이 명확

해질 때까지의 기간은 얼마든지 늘어날 수 있습니다. 여러분은 오늘도 최선을 다해 주십시오.

이것으로 정말 간단하지만, 오늘의 전국 소프트볼 대회 개회 인사말을 대신하겠습니다. _ ⓘ

다이렉트메일

direct mail

S
o
u
l

M
a
t
e

요네다 박사님의 위대한 발명에 대해 질문을 받았기에, 대답이 가능한 범위에서 몇 가지 획기적인 특징에 대해 설명해 드리겠습니다.

요네다 조타로 박사님의 위대한 발명의 포인트는 그것이 학계 내부에 있어서 공명을 의도하는 것이 아니라, 이른바 상업주의적 자본에 조종 받는 이익추구의 방편도 아니고, 폐색한 연구체계 내에서 학문을 위한 학문을 계속하는 것에 의해 생겨난 부산물적인 것도 아니며, 낮은 대우 속에서 생활하는 대중제군을 구하기 위한 생활의 편리 아이디어도 아니며, 이것은 그야말로 우연히 훌륭하고 위대한 지혜의 신의 계시에 의해 이 세상에 내놓아졌다고 밖에 말할 수 없습니다.

박사님은 아시다시피 학벌도 재벌도 상관하지 않는 재야의 정신과 넉넉한 풍채로 남보다 뛰어난 예리한 성격을 가진 해면 인류학자이지만, 한편으로 가정으로 돌아가면 좋은 아빠이자 좋은 남편으로 원만하게 생활하고 계십니다.

이런 사정을 알리지 않고 박사님의 위대한 발명에 대해 답변을 드리면 오해를 살 우려가 다분하기 때문에 일부러 알려드리는 바입니다.

솔직히 말씀드리면 박사님의 위대한 발명의 목적은 현재까지도 확실하게 밝혀지지 않고 있습니다.

박사님이 직접 이름을 지은 〈긴급 편의 대사 장비〉에는 수식 및 도면이 첨부되어 있지 않습니다. 이것만 보아도 박사님이 하늘에 의해 선택된 천재란 사실의 증거라고 여겨지는 바입니다.

박사님의 구두 설명에 의하면 인간 A가 임의의 X지점에서 돌발적으로 심한 변의를 느꼈을 때, 상상의 임의의 Y지점에 있는 강아지 B가 변을 누면 인간 A의 변의가 계측 불가능한 정도의 미량이지만 경감되는 것은 아닐까, 라는 가설을 축으로 연구가 진행되어 온 것입니다

장비 자체는 상상의 지점 Y를 정해두고 그곳에 강아지 B를 고정시킨다고 추정할 수 있습니다.

따라서 귀하가 이 장치가 완성된 후에 혹시 전차 속에서 변의를 느끼게 될 경우 '아아, 똥 싸고 싶다' 라는 생각이 들면 곧 Y지점(귀하의 집으로 지정합니다)에서 변을 싸고 있는 강아지 B를

상상할 수 있게 되는 것입니다. 이것에 의해 귀하의 변의가 경감되는 것입니다. 강아지 B의 탈분은 귀하의 변의와 24시간 이내의 오차를 갖고 동일 시간 내에 발생하니 안심하셔도 됩니다.

꽤나 복잡한 강아지집의 팸플릿이 도착했다. ⓘ

택시
t a x i

"**이봐요** 손님. 제가 너구리는 아니잖아요. 거, 담배 연기 좀 뿜지 맙시다."

"아, 죄송합니다. 곧 끄겠습니다."

푸식-.

"창문! 창문 열어야지. 자동차 안이 연기로 자욱하잖아요. 이 자식이! 앞 차가 깜빡이도 키지 않고 끼어드네!"

끼이익-.

"아, 조심하세요."

"사람 잘못 골랐어. 이쪽은 아내와 자식을 걸고 영업하고 있다고."

빵빵-.

"저기, 에어컨이 너무 추운데……"

소울메이트

152
153

"그쪽이야 곧 내릴 거니까 쪼금 추워도 참을 수 있잖아요? 이쪽은 하루 종일 타고 있으니까 더워서 몸이 견디질 못한다고요. 상대방에 대해서 그 정도는 생각해야 되는 거 아닌가. 어!"

빵빵–.

"아, 그러네요. 죄송합니다."

"그렇게 미안하단 한 마디로 끝날 일이면 경찰서 같은 게 왜 있겠나. 아, 다 왔다."

끼이익–.

"저기, 오모테산도와 메이지도오리 교차점이라고 말했는데요. 여긴 아오야마 도리의 교차점인데."

"여기가 오모테산도지요."

"그건 지하철 역 오모테산도고 제가 가고 싶은 것은 도로의 오모테산도와 메이지 거리의 교차점입니다."

부릉–.

"그러니까, 여기가 오모테산도라고요. 여기 말고 오모테산도가 또 있나? 어!?"

부릉부릉.

"그게, 오모테산도는 메이지 거리와 오모테산도가 교차하고 있는 곳이에요."

"그건 메이지 신궁 앞이지. 오모테산도는 여기 밖에 없어요."
부릉.

"알겠습니다. 그럼 메이지신궁 앞으로 가 주세요."

부르릉, 붕-.

"거, 창문을 열었으면 잘 닫아야지. 일부러 에어컨까지 돌렸는데 말짱 꽝이잖아요."

붕-.

"네."

붕-.

"자, 910엔."

끼이익.

"아,"

"오천엔!? 잔돈 없는데. 아까부터 손님들이 큰 것만 내서 거스름돈 따위 없는데, 참."

"그럼, 이쪽도 내 줄 수 없다. 이 자식아!"

"뭐? 장난하지 말고 빨리 내놔."

"점잖게 대해줬더니 정말 끝이 없네. 너 말이야, 서비스업 하면서 손님한테 제멋대로 구는 건 네 놈들 밖에 없다고, 알아!"

"허 참, 경찰서 가자고, 경찰서!"

"그 전에 어디 가서 잔돈이나 갖고 와."

"이 자식이!"

"뭐!"

퍽! 퍽!

"아, 아, 알았어, 알았어. 돈은 필요 없어. 이제 그만해."

"돈 따위 얼마든지 주마. 대신 맛 좀 봐라. 경찰 부르고 싶으면 불러."

퍽! 퍽!

"정말 죄송합니다. 제발 살려주세요."

"그렇게 사과할 거면 처음부터 건방지게 굴지 말라고, 이 새끼야."

원고라는 핑계로 이런 짓을 할 수 있어 나는 기쁘다. __ ⓘ

talcum powder

때때로 아무런 예고도 없이 이 세계에 남겨진 것이 나와 탤컴파우더(땀을 억제하고, 피부의 감촉을 좋게 하는 분말)뿐이란 기분이 들 때가 있다.

그렇다고 나와 탤컴파우더가 그 정도로 사이가 좋다는 것은 아니다. 전혀 마음이 서로 맞지 않는 날도 있다. 그럼에도 불구하고 나와 탤컴파우더 사이에는, 말하자면 공통의 체험을 통해 길러진 제2의 천성이라고도 부를 수 있는 무언가가 존재하고 있다.

즉 같은 여자와 잔 적이 있든지, 옛날에 같은 성병에 옮았다든지, 페니스의 사이즈가 정말 똑같다든지, 같은 평론가에게 욕을 들었다든지, 세무서의 환부금이 같다든지, 뭐 그런 것들이다.

헤어브러시나 오데코롱, 스포츠 샴푸, 치약, 목욕 타월 같은 것에 대해 이런 기분을 갖는 것은 좋지 않다. 어디까지나 탤컴 파우더만이다. 그 이유는 나도 잘 모른다. ＿ ⓜ

찰리 마누엘에게 바친다

찰리 마누엘은

지뢰밭의 한가운데에 떨어진 수류탄

을 집어 들듯

라이트 ·

　플라이를 쳤다.

1981/ 6/ 28

*「야쿠르트 슬로워즈 시집」에서 __ ⓜ

추잉껌이 *양치 대용이 된다고 생각하는 비상식적인 소녀소녀가 있다.*

그런 미련한 생각이 발생하기 쉬운 장소는 실제로 존재한다. 예를 들면 그곳에 모여 있는 대다수의 사람이 사랑이 있으면 혼전 섹스는 용서되어야 한다고 생각하는 퇴폐한 대도시가 전형적인 곳이다.

현대사회를 살고 있는 대부분의 사람들은 추잉껌이 역사 속에서 이룩한 역할에 대해 경의를 표하지 않는다.

밑창이 고무로 된 신발을 신은 역사적인 위인이 씹다 버린 추잉껌을 밟아 몇 초 동안 멈춰 섰다는 기록이 있다.

판형으로 되어 있는 딱딱한 추잉껌을 사용해 집을 세우고자 한 목수가 현재 '카펜터 껌'의 사장이 되었다는 사실 등은 다소

라도 출세에 흥미를 갖고 있는 사람이라면 모를 리가 없다고 생각하지만.

자신의 손가락을 제방의 갈라진 부분에 찔러 넣은 행동으로 교과서에까지 실린 네덜란드의 소년은 훗날 인터뷰에서 일상적으로 껌을 씹는 행위의 중요성을 말했다.

우주 정거장의 타일 장인은 타일 한 장 한 장에게 "너희들도 껌을 씹는 게 어때?"라고 설득했지만 심술쟁이 타일이 얘기를 듣지 않았기 때문에 나중에 명예에 흠집을 입히게 되었다.

전 세계의 추잉검의 매출은 지구상의 모든 두더지의 이사 비용과 맞먹는다.

추잉검을 씹으면서 마음에 드는 여자에게 '저기, 아가씨'라고 말을 거는 것은 세계의 넓음을 알기 위해 극히 중요한 교육적인 행위다. 그리고 이와 마찬가지로 험상궂은 표정으로 추잉검을 짝짝 씹으면서 "아저씨, 신문 뭐 보나?"라고 묻는 신문배급원의 가정 방문은 신문이 반드시 내용을 판단 기준으로 구독되는 것은 아니란 사실을 알려준다.

그러나 추잉검은 결코 양치 대용품이 아니라는 사실을 아버지들은 좀처럼 가르쳐주지 않는다. ＿ ⓘ

추잉껌 두번째
chewing gum
part 2

청춘은 *여러 가지를 부풀게 한다.*

그런 여러 가지가 단 하나 추잉껌뿐이었다고 하는 남자가 있

다면, 그 자는 평범한 사람이다.

"나, 요즘 그걸 안 하고 있어. 알고 있어?"

"알고 있었어. 네가 모모코랑 전화로 얘기하는 걸 들었으니

까."

"어떻게 하면 좋지?"

"네가 원하는 대로 해. 낳고 싶으면 낳아."

"그런 대답 정말 싫어."

"나 혼자서 해결할 수 있는 일이 아니잖아. 네 생각을 존중

할게."

"존중이라니?"

1

"네가 원하는 대로 하라는 거지."

"하지만 내가 잘 모르겠으니까 물어보는 거잖아."

"조금은 생각해 본 거야?"

"응. 여러 가지로 생각했는데, 오히려 여기저기 상담을 했더니 더 복잡해져서 이제는 아무 것도 모르겠어. 당신 역시 그다지 믿음직스럽지도 않고."

"내가 왜?"

"이쿠요랑 사귈 때 도망갔잖아?"

"도망간 게 아니야. 이쿠요가 마음대로 중절수술을 하고는 나를 쫓아냈다고."

"이쿠요한테 물어 볼 거야."

"물어봐. 난 거짓말 한 게 없으니 꿀릴 게 없다고."

"그래서 말이야, 내가 낳는 게 좋겠어?"

"그러니까 네가 원하는 대로 하라니까."

"당신, 아이가 몇 명 있지?"

"두 명."

"지금 어떻게 살고 있는 것 같아?"

"한 명은 철공소의 사장으로 초등학생 아이가 두 명, 중학생이 한 명 있어. 그리고 또 다른 자식은 경륜 선수에게 시집갔지."

추잉검만을 부풀리며 청춘시대를 보내 온 남자가 어떤 운명을 더듬어 가고 있는지, 나는 상상하고 있다. ＿ ⓘ

디즈니랜드를 유원지라고 생각한다면 그것은 오산
이다.

그렇다고 유원지가 아니라고 말하자니 그것도 아닌 것 같고,
유원지적 요소를 성대하게 갖춘 박람회장이라고 말하는 것이
가장 정확할 것이다.

동화 속 나라도 모험의 나라, 개척의 나라, 미래의 나라도 모
두 '구경하세요'의 형식으로 만들어져 있다.

자신의 발로 걸어가면서 보느냐, 움직이는 것을 타고 보느냐
의 차이는 있어도 대부분의 시설은 눈을 즐겁게 하기 위한 것이
다.

예를 들어 '해저여행'의 표를 샀다고 하자. 모르는 사람은 이
것이 잠수함에 타기 위해 산 것이라고 생각한다. 하지만 잠수함

은 해치가 닫힌 후에도 수중에 잠기지 않는다. 불과 몇 미터 정도만 수중에 들어갈 뿐이다. 속도는 인간이 걷는 것과 비슷한 정도. 이보다 빠르면 '해저의 절경'이 잘 보이지 않기 때문이다. 물론 수면 아래 수 미터의 '해저'다.

승객은 그저 계속 둥근 창문 밖의 '해저'를 지켜본다. 테이프가 돌면서 아주 들뜬 목소리의 과장된 방송이 흘러나온다.

"우와! 대왕 문어가 보물 상자를 안고 있잖아!"

"해초 건너편에 인어가 보여!"

휙 하고 한 번 돌면서 여러 가지 장치를 모두 보면 끝난다.

어떤 타이틀의 시설이든 원리는 단 하나. 세트를 보여주는 것밖에 없다.

정말 딱 만화영화로 유명한 디즈니다운 발상이다.

이만큼 '보는 것'에 집착하고, 게다가 그 '보는 것'만을 파는 물건으로 해서 그렇게 미련하다 싶을 정도로 광대한 면적을 가득 채운 디즈니라는 사람이 지금 살아 있다면 굉장히 고집이 세고 남의 말을 들으려 하지 않는 벽창호 같은 사람으로 젊은 패거리들에게 호통만 치고 있을 것이다.

궁금해 하는 사람도 있을 것 같기에 적어 두지만 잠수함에는 왼쪽과 오른쪽이 있다. 어느 쪽에 앉은 사람이든 똑같이 "우와, 대왕 문어가⋯⋯"라는 방송에 맞춰 창밖을 보고 있는 것은 아무리 생각해도 이상하다.

나는 탑승 중 문득 그런 의문이 들어서 "잠깐, 실례하겠습니다."라며 반대쪽의 창문을 보았다. 하지만 웬걸, 그쪽에서 보이는 광경 역시 방송에서 설명하고 있는 그대로의 모습이 아닌가!

장치는 잠수함의 레일을 대칭축으로 해서 양쪽에 두 개가 설치되어 있었다. __ ①

date

오늘까지 전 그녀가 원하는 모든 데이트 스타일을 다 받아들였습니다.

동물원에 가서 오랑우탄에게 쨈 바른 빵을 주고 싶다는 아이디어도 나의 기지로 대성공으로 끝낼 수 있었습니다. 내가 사육사의 눈을 피해 옆의 침팬지에게 뇌물을 먹이고 오랑우탄에게 쨈 바른 빵을 건네주었거든요.

이것이 나와 그녀의 첫 데이트였습니다.

동반 찻집에서 도둑잡기를 하며 놀고 싶다는 얘기를 갑자기 들었을 때 약간 싫은 기분도 있었지만 곧 마음을 다잡고 즐거운 추억을 만들기 위해서 노력했습니다. 둘이서 하는 도둑잡기의 어려움은 누가 도둑을 갖고 있는지를 비교적 알기 어렵다는 점에 있습니다. 그때 저는 신발 밑에 도둑을 숨기고 있었기 때문에 매우 스릴 있는 게임을 할 수 있었습니다.

비가 억수로 내린 날에 혼자서 우산을 쓰고 걷는 데이트. 실내에 있을 때를 제외하고는 항상 그녀가 우산을 썼습니다.

각각 사랑하는 사람의 아름다운 점을 가능한 한 많이 서로 이야기를 나누는 데이트. 나는 어머니가 요리를 매우 잘하며 마을에서 가장 체중이 많이 나가 당분간 톱 독주를 계속할 것이라는 얘기를 했습니다. 그녀는 야구부의 부주장과 역사연구부장을 맡고 있는 남자에 대해 의식이 혼미해질 정도로 열을 내며 말했습니다. 일단 서로에 대해 많은 것을 알아가자고 제가 제안한 것이었습니다.

머스캣의 껍질 벗기기 데이트. 이것은 저만 즐겼습니다. 그녀에게 할당된 역할은 오직 먹는 것뿐이었습니다.

여러 가지 스타일의 데이트를 계속해 온 우리지만 이번 기획만은 찬성할 수 없습니다.

"앞으로 절대 만나지 않는다는 장기간 플레이는 어떨까?"

그 정도로 큰 기획이라면 거듭된 합의가 필요한 거 아닌가요? ⓘ

죽음의 결투
death match

"**내가** 나빴어. 용서해 달라고 애원해도 그건 무리겠지? 죽음으로 대신 사죄하고 싶어."

"그래서 당신의 체면은 살지도 모르지만 내 얼굴에 먹칠을 하며, 게다가 당신에게 자살 따위를 할 수 있게 한다면 나중에 내가 무슨 소리를 들을지 뻔하잖아!"

"그런가? 사실 나도 손발이 자유롭지 않아서 어떻게 자살해야 할지 고민하던 중이었어."

"나도 당신을 한 방 때릴 수 있다면 조금이나마 분이 풀릴 것 같지만 손발이 움직여 주지 않으니 답답해 하고 있는 중이라고."

"그래? 당신도 그런 거야? 조건은 똑같군."

"서로 죽을 때까지 싸우기로 약속하고 우선 손발이 자유롭게 되는 것을 기다리는 거 어때?"

　"알았어."

　손발이 움직이지 않는 우리 속에서 갇힌 두 마리의 바퀴벌레는 우선 서로 저주를 걸기로 했다.

　그리고 두 마리는 결국 죽을 때까지 계속 싸우는 전사라는 타이틀만 얻은 채 외상도 없이 천국으로 불려갔다. ＿ ①

텐트

t e n t

텐트를 *짊어지고 여행하기.* 이것은 정말 즐겁다. 마치 달팽이가 된 것 같은 기분이다.

비가 내린다. 이것도 좋다. 빗방울이 텐트 위에 똑똑똑, 하고 소리를 낸다.

여자와 함께. 이것도 나쁘지 않다. 그녀가 절대 뜻을 굽히지 않는 고집 센 처녀로 주머니에 가위를 숨기고 있다고 해도, 그럼에도 좋다. 섹스 따위는 매우 시시한 것이다. 적어도 텐트 속에 있을 때는 그런 식으로 생각했다.

밖에서는 벌레가 울고, 트랜스지터 라디오에서는 전혀 알 수 없는 지방 디스크자키의 목소리가 나오고 있다. 텐트 앞의 작은 냇가에는 캔 맥주 한 박스가 차갑게 담겨 있다. 지구는 쉴 새 없이 빙글빙글 돌고 있다. 왠지 멋있네, 라는 기분이 들었다.

그때 누군가 밖에서 헛기침을 한다.

으흠—.

나는 입구의 지퍼를 내리고 목을 내밀어 밖을 올려다봤다. 젊은 남자가 수박 색상의 티셔츠에 버뮤다팬츠를 입고 있다. 전체적으로 매우 빤질빤질한 모습을 하고 있어서 마치 삶은 계란의 요정 같았다.

"주무시고 계신데 죄송합니다."

그가 말했다.

"미안하지만 캔 따개라면 없어요."

나는 통조림은 먹지 않는다.

"아니오, 캔 따개가 아닙니다."

"맥주를 원한다면 한 개 드리지요."

"맥주도 아닙니다."

"흐음."

나는 말했다.

"조사입니다."

"네?"

"텐트 조사입니다. 텐트위원회에서 파견되었습니다."

그는 증명서를 내밀었고 나는 그것을 살펴봤다. 틀림없다. 전국 텐트위원회.

"그래서?"

라고 묻는 나.

"질문에 답변해 주실 수 있습니까?"

"좋을 대로."

그는 안심한 것 같았다.

"그럼 시작합니다. ①당신은 텐트 속에서 행복합니까? 네, 아니오로 대답해 주십시오."

"네."

그는 조사 용지에 부스럭부스럭 연필로 적어 넣었다. 그리고 의미 없이 빙긋 웃었다.

"②그녀는 처녀입니까?"

"네"

부스럭부스럭.

"③그녀의 처녀성을 존중합니까?"

"그녀가 그걸 원한다면 말이죠."

"네나 아니오로 대답해 주십시오."

"네."

부스럭부스럭.

"마지막으로 ④지구는 돌고 있다고 믿습니까?"

"네."

부스럭부스럭.

"정말 감사합니다."

"천만에요."

그는 떠나려고 하며 잠시 고민하더니 다시 한 번 헛기침을 했다.

"저기, 정말 맥주를 얻어가도 될까요?"

"좋을 대로"

나는 입구의 지퍼를 잠그고 텐트 안으로 웅크리고 들어갔다. 텐트 안은 그녀의 숨소리로 따뜻했다. 그리고 약간 축축해져 있었다. ___ ⓜ

도넛
첫번째

doughnuts
part 1

도넛과 도넛이 서로 사랑에 빠졌다. 양쪽이 모두 도넛이면 아무것도 시작될 수 없기 때문에 한 쪽의 도넛이 몸을 반으로 해서 부메랑 형태가 되기로 했다. 그런데 부메랑은 의도와 달리 2개가 만들어졌고 한쪽의 부메랑이 방해가 되었다.

"그럼 내가 심판을 볼게."

"그래, 심판이면 여기에 있어도 되겠다."

"준비, 시작!"

부메랑 형태의 도넛과 도넛 형태 도넛의 시합이 시작됐다.

첫눈에 서로 반한 사이에 굳이 싸움 말고 다른 것을 하면 좋을 텐데.

"파이트!"

심판 부메랑이 혼자 기합이 잔뜩 들어가 있었다. __ ①

소울메이트

174
175

도넛 두번째
doughnuts
part 2

그녀가 도넛이 된 지 벌써 2년의 세월이 흘렀다.

대부분의 도넛 인간이 그렇듯 그녀는 자신에게 알맹이가 없다고 믿고 있다. 그래서 내가 전화를 걸 때마다 매정하게 화를 낸다.

"당신은 내 겉모습만 보고 있는 거야. 내 본질은 없어. 당신과 더 이상 만나고 싶지 않아."

도넛이 된 사람들은 종교상의 이유로 도넛이 된 상대하고 밖에 교제할 수 없다. 그래서 나는 벌써 2년 가까이 그녀와 만나지 못하고 있다.

도넛이 된 사람들은 토끼 고기를 먹지 않고 지퍼가 달린 옷을 입지 않는다. 필터가 있는 담배를 피우지 않고 펠라티오(구강성교)는 엄하게 금지되어 있다. 살아 있는 작가의 소설을 읽는 것도 허가되지 않는다.

어째서 그들은 그렇게 편협하게 살아야만 하는지 나는 도저히 이해할 수 없다. 스스로의 핵심이 없다는 인식과 토끼를 먹지 않는 것 사이에 도대체 어떤 인과관계가 있단 말인가?

지난번에 나는 술집에서 꽈배기 도넛이 된 젊은 여자를 만났다.

"인간의 본질은 무방향성에 있는 거예요."

그녀가 침대 속에서 말했다.

"그래서 우리는 절대로 비행기에 타지 않지요."

"응, 과연 그러네."

나는 말했다.

사회는 하루하루 조금씩 복잡해지는 것 같다. __ ⓜ

우리 강아지가 한 번 식사하는데 걸리는 시간은 대략 40~50초이다. 그는 하루에 두 번 도그 푸드를 받고 있으니 하루 24시간 중 약 2분 정도가 식사시간인 셈이다.

우리 강아지 토로의 욕망에 우선순위를 매긴다면 '밥을 얻는 것'이 당당하게 톱으로 빛날 것이라는 것은 의심할 여지도 없다.

그에 비해서는 24시간 중 40초라는 숫자는 너무 적지 않나, 라고 인간이라면 누구나 생각할 것이다.

플라스틱제 노란색 용기에 인간의 손바닥으로 한 줌 정도의 반 건조 타입으로 불리는 도그 푸드가 놓여진다. 그리고 용기에서 손이 떨어지는 것과 동시에 토로의 머리는 거기로 뛰어들어 사자춤이라도 추듯 긴 털이 흔들린다. 달그락달그락, 도그 푸드가 가볍게 굴러다니는 소리가 난다. 30초 정도 경과한 지점에서 대체로 토로는 목이 메어 캑캑거린다. 이 시점에서 용기에 남아 있는 것은 겨우 몇 알. 남은 시간 10초 동안 그 몇 개마저 사라져 버린다.

그 후 만족한 듯 혀를 날름 내밀어서 코를 핥으면 모든 과정이 끝난다. 그의 캐치프레이즈는 '코 하나만 8만 엔'이다. 그렇게 생각하고 보면 누구라도 납득할 수 있다. 토로의 코는 검은 고무재질의 보석 같다.

잘 먹었습니다, 라고 인사를 하는 대신 번쩍번쩍 빛나는 코와 함께 그는 어슬렁어슬렁 걸어간다.

그리고 대개는 소파의 팔걸이 부분에 벌러덩 옆으로 누워 큰 하품을 한다.

나는 결코 인간을 혐오하고 대신 동물을 좋아하는 타입은 아니지만 항상 그의 식사 방식을 부러워하곤 한다.

하루 종일 안달하며 기다리는 '밥을 먹는 양식'을 단 몇 초만에 끝내 버리는 배짱이 나를 동경하게 한다.

인간은 즐거움은 천천히 시간을 들여 즐기려 하지 않는가? 그리고 심지어 자신도 모르는 사이에 시간 자체가 목적이 되기도 하고. 그런 인간을 싫어하는 것은 아니지만 시간의 가치를 잃어버릴 정도로 꼬인 욕망을 되돌리고 싶다는 생각이 들었다.

ⓘ

별명

nickname

바보가 하마에게 말했다.

"너네 엄마 배꼽은 참외배꼽–."

참외배꼽이 그것을 듣고 하마에게 물었다.

"내가 네 엄마야?"

"아니야!"

하마가 답했다. 그러나 곧 작은 소리로 중얼거렸다.

"그럴지도 몰라."

하마의 엄마는 밤새워 짠 장갑을 어떤 이유인지 바보에게 선물했다. 바보는 감사의 뜻을 전했다.

"네 엄마는 참외배꼽이 아니야."

참외배꼽은 그 말을 듣고 하마에게 말했다.

"너네 엄마는 내가 아닌가 봐."

"그래, 참외배꼽이 아니야."

바보가 말했다.

하지만 하마는 또 다시 작은 소리로 중얼거렸다.

"그렇지만 꽤 튀어나왔는걸."＿ ①

노크

knock

짜이 · 치 · 초이와 난 여자친구의 방을 방문했다.

짜이 · 치 · 초이가 주먹을 쥐고 문을 노크했다. 문에 주먹만 한 구멍이 생겼다.

여자친구는 지금 막 생긴 면회창으로 밖을 내다보고는 입술을 10센티미터 정도 쭉 내밀어 나와 키스했다.

짜이 · 치 · 초이는 그것을 보고 다시 한 번 아까와 마찬가지 방법으로 노크를 했다. 나의 여자친구는 새롭게 생긴 구멍으로 또 다시 입술을 내밀어 짜이 · 치 · 초이에게 키스하려 했다. 그러나 짜이 · 치 · 초이는 강한 욕망과 맞먹을 만큼의 부끄러운 성격을 가졌기 때문에 내민 입술을 향해 한발 물러서 훅 펀치를 날렸다. 떨어져 나간 입술은 복도의 막다른 곳에 있는 비상구의 문을 빠져나가 멀리까지 날아가 버렸다.

방에 들어서자 짜이 · 치 · 초이는 힘 좋은 엉덩이로 고양이 다리 의자를 하나 부셔버렸다.

"얌전하게 행동하도록 해."

나는 조용한 목소리로 짜이 · 치 · 초이에게 말했지만 그는 가는 눈을 상현달처럼 뜨고는 그저 웃을 뿐이다. 그리고 2초 후에는 전화를 쥐어 찌부러트렸고, 10초 후에는 커피 잔을 씹어 입을 오물거리면서 마룻바닥을 세게 밟아 구멍을 냈다.

나의 여자친구는 손을 길게 뻗어 베란다의 철 울타리에 멈춰 있는 작은 새를 잡았다.

"참 잘 늘어나지? 차이."

나는 짜이 · 치 · 초이에게 무의미한 파괴를 멈추고 평화로운 대화의 원 안으로 들어오라고 유혹해 보았다.

짜이 · 치 · 초이는 등을 쭉 펴서 하나의 선 같은 모습으로 바닥에 누웠다.

"그의 애인을 어젯밤에 부숴버렸어."

"그가?"

"아니, 내가."

"정말 파괴하기 쉬운 여자였지."

짜이 · 치 · 초이의 애인은 얼굴은 인간이었지만 나머지는 각다귀의 모습을 하고 있었다.

"모기의 우두머리 같은 녀석이었지."

방을 잘못 찾은 그녀는 노크도 하지 않고 불쑥 내 방으로 들어왔고, 그런 그녀에게 화가 나서 나도 모르게 일을 저지르게 되었다. 그녀의 목 부근에는 작은 태그가 붙어 있었고 '연락은 짜이·치·초이에게'라고 적혀 있었다.

"영 가망이 없어? 그 사람?"

"짜이가 쓰레기통에 버렸어. 둘이 결혼할 예정이었나 봐."

"그래서 내가 그를 위로해 주길 바라는 거야?"

"그런 게 아니야. 그냥 셋이서 그의 기분을 달래주는 시간을 잠시 가지면 돼."

"하지만 그가 키스를 거부했는걸."

"아마 그런 것에 익숙지 않을 거야. 무술 하나만 하며 살아왔으니까."

공중에는 어느샌가 금붕어가 날아다니고 있다.

"새로운 애완동물이야?"

"어. 창밖의 새가 이걸 노리고 있어. 벌써 백 마리 정도가 잡아먹혔어."

"나머지는?"

"이 방에는 천 마리 정도. 날아다니는 애들이 절반 정도인가? 나머지는 저쪽 소파의 그늘에서 자고 있어."

짜이·치·초이는 멍하게 입을 벌린 채 금붕어를 보고 있다.

짜이·치·초이는 얼굴을 붉히고는 나에게 귓속말을 했다.

금붕어 한 마리에게 첫눈에 반했다고 했다.

"결혼을 전제로 교제하고 싶다는데? 어떡할래?"

"데리고 같이 돌아가 준다면 금붕어를 한 마리 잃는 것보다 훨씬 기쁠 거 같아. 여기저기 수리하려면 만만치 않겠어."

짜이 · 치 · 초이는 그 얘기를 듣고는 매우 기뻐했다. 자신이 반한 금붕어를 입 속에 집어넣고는 두 다리를 가지런히 모아서 펄쩍 뛰어올랐다. 그리고는 힘을 모아 착지해 바닥을 뚫고 4층에서 한 번에 1층 관리실까지 내려갔다.

"굉장한 실력이다! 이 건물 이래봬도 콘크리트인데."

"상당히 엄한 훈련을 해온 거 같아. 그의 훈련 때문에 몇 개의 국가가 멸망했다더군."

"나, 키스해줘."

그녀는 내가 말을 마치자마자 다시 살아난 입술을 내밀었다.

나는 그 긴 관 같은 입에 상의를 걸고 손수건으로 땀을 닦았다.

"좀 쉬자. 3층 사람이 우릴 보고 있잖아."

2층 사람과 1층의 관리인도 똑같이 이 방에 주목하고 있을 것임에 틀림없다. 나는 평범한 인간의 기분을 잘 이해할 수 있다.

_ ①

간선도로

highway

깜깜한 비탈길을 끽끽거리며 브레이크를 걸고 내려오는
자전거가 있었다.

경관이 그 녀석을 따라갔다.

그리고 그 자전거와 교차하듯 2단 기어로 천천히 달려오는
자동차가 있었다.

지붕 위에는 점등하지 않지만 빨간 경광 램프가 달려 있다.

갑자기 자동차의 창문이 열리더니 경관이 목을 내밀었다.

"거기! 잠깐 멈춰요."

자전거의 경관에게 말하는 것 같다.

자전거의 경관은 휙 하고 순간적으로 순찰차를 돌아보더니
있는 힘껏 페달을 밟아 도망치기 시작했다.

"허, 지금 엔진 달린 네 발 자동차를 우습게 봤냐!"

순찰차는 확성기를 통해 소리쳤다.

자전거를 탄 도망자는 입에 손을 대고 메가폰을 대신해 힘껏 소리 질러 말했다.

"바보 같은 놈. 네놈이 이 동네 출신인 날 잡을 수 있을 거 같아!"

"흥, 내가 이 동네에서만 몇 년을 근무했는데!"

뒤에서 쫓아가는 순찰차가 날개를 활짝 폈다. 추적을 개시한 지 몇 초 만에 금방이라도 하늘을 날 것 같았다.

자전거는 순식간에 간선도로의 요금소까지 달려오고 말았다.

"간선도로를 타면 나의 승리지. 멍청한 놈. 하늘이든 땅이든 쫓아와 보라고."

마침내 순찰차가 활주를 시작했다.

내 머리 위에서 빨간 불이 빙글빙글 회전하면서 느릿한 속도로 멀어져 갔다.

순찰차는 순식간에 상공에서 자전거를 따라 잡고 엔진을 껐다.

약 30미터, 자동차는 낙하해 자전거와 그 위에 탄 경관을 눌러 찌부러트렸다.

순찰차의 스피커에서는 운전자의 비명이 흘러나왔다.

"내가 바로 간선도로의 귀신이다!"

그러나 보라. 자전거를 탄 경관이 순찰차를 머리 높이 지고 하이웨이 위로 집어 던지는 게 아닌가.

"나는 말이야. 간선도로의 천사다!"

이것은 일본의 이야기가 아니다. ＿ ①

하이힐

high heeled

그 코끼리는 멋진 하이힐을 신고 지하철을 타러 왔다. 왼손에는 표를 꼭 쥐고 오른손에는 베스트셀러 소설을 두 권이나 안고 있다. 코끼리가 베스트셀러 소설을 읽는다니, 나는 듣도 보도 못한 모습에 매우 놀랐다.

하지만 어쨌든 당시는 러시아워였기 때문에 대부분의 승객들이 코끼리의 존재를 불편하게 생각하고 있었다. 특히 코끼리의 하이힐 굽에 밟히기라도 한다면 그건 정말 상상조차 할 수 없는 수준일 것이리라. 아아, 아아, 라고 소리 지르면서 바닥에서 떼굴떼굴 구르는 정도로는 전혀 해결되지 않는다. 그래서인지 코끼리의 주위는 도넛 같은 형태로 텅 비어 있었다. 코끼리 역시 그것을 의식했는지 매우 미안한 얼굴을 하고 있다.

확실히 코끼리가 하이힐을 신고 러시아워의 지하철에 타는 것은 아무리 생각해도 비상식적인 이야기다. 그러나 그럼에도 불구하고 코끼리에게는 어딘지 모르게 미워할 수 없는 구석이 있었다. 때문에 나는 코끼리에게 약간 빙긋 웃어주었다. 그렇다고 딱히 코끼리와 자보고 싶다고 생각한 것은 아니다.

코끼리는 내가 미소를 건네자 꽤나 안심한 듯 했다.

"오차노미즈역은 앞으로도 한참 가야 하나요?"

"음, 네 정거장 남았네요."

내가 답했다.

"어머, 그래요."

코끼리는 얼굴이 빨갛게 달아올랐다.

"정말, 죄송합니다."

"실례합니다만."

나는 용기를 내어 코끼리에게 물어 보았다.

"그 하이힐은 어디서 사셨습니까?"

코끼리는 순간 아연한 얼굴로 나를 봤다.

"어째서 그런 걸 물어보시는 건가요?"

"아니요, 정말 멋진 하이힐이라 동생에게 사다줄까 해서요."

물론 나에는 동생 따위는 없다. 코끼리는 안심한 듯 미소를 지었다. 아마 하이힐에 대한 것으로 뭔가 비난받을 것이라 생각한 것 같다.

"이거라면, 긴자의 요시노야에서 팔고 있어요."

코끼리는 오차노미즈역에서 지하철을 내렸다. 내리기 전에 문 앞에 멈춰 서서 나에게 손을 흔들었다.

코끼리의 모습이 보이지 않게 되자 나는 하품을 한 번 하고 책을 계속 읽었다. 코끼리의 세계에서는 내가 꽤 인기가 있는 것 같다. _ ⓜ

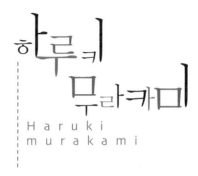

잘 만든 철도모형에는 항상 벤치에서 기차를 기다리는 노부부와 무거워 보이는 화물을 나르고 있는 빨간 모자의 인형을 볼 수 있다.

그들의 모습이 기관차나 선로보다 오히려 나의 흥미를 끌었다.

하루키 무라카미라는 인물은 이 속에서 여행자의 역할로 철도 모형 세트의 어딘가에 있을 듯한 분위기를 갖고 있다.

아마 그 새끼손가락의 끝마디 정도 크기의 아연을 채색 가공한 인형은 작은 여행용 백을 갖고 기차를 기다리고 있을 것이다.

가방의 내용물은 너무 작아서 뭔지 알 수 없다. 어떤 용무로 그가 그 작은 여행을 하는지도 이 파노라마 속에서는 애매모호

할 뿐이다.

나의 상상 속에서 그는 모형의 구석구석으로 구경을 갈 예정이지만, 정작 인형 본인은 "그럴지도 모르지"라고 밖에 대답하지 않는다.

"이 모형, 자네가 만든 거지?"

"그런 생각이 들 정도로 나의 취미에 가깝군."

"기차에 타면 언제 돌아올지도 모르겠군."

"기차 여행은 따분하지 않으니까."

그는 하나의 거대한 모형의 파노라마에 질렸는지 어느새 다른 모형의 플랫폼에 서서 기차를 기다리고 있다.

"또 만들었나 보네."

"아니, 땅이 연결되어 있어서 이사했어."

아연의 입이 조용히 움직였다. __ ⓘ

빵

pan

어쨌든 우리는 배를 굶주렸다.

아니, 굶주린 정도가 아니다. 마치 우주의 공백을 그대로 삼켜 버린 듯한 기분으로, 처음에는 정말 작은 도넛 구멍만한 공백이었지만 날이 갈수록 그것은 우리의 몸 전체로 점점 불어나, 마침내 바닥을 알 수 없는 허무가 되었다. 장중한 BGM이 울리는 공복의 금자탑이다.

왜 공복이란 게 생기는 걸까? 물론 그것은 식료품의 결여에서 온다. 왜 식료품은 결여되는 것일까? 마땅한 등가교환물이 없기 때문이다. 그렇다면 왜 우리는 등가교환물을 갖고 있지 않은 걸까? 아마도 우리에게 상상력이 부족하기 때문이다. 아니, 공복감은 다이렉트로 상상력의 부족에 기인하고 있는 건지도 모른다.

어찌됐든 좋다.

신도 마르크스도 존 레논도 모두 죽었다. 어쨌든 우리는 배를 굶주렸고 그 결과 악으로 치달으려 했다. 공복감이 우리를 악으로 달려가게 한 것이 아니라, 악이 공복감이란 모습으로 나타나 우리에게 달리게 한 것이다. 뭐가 뭔지 잘 모르겠지만 실존주의 같다.

"아, 나는 이제 죽을 것 같아."

친구가 말했다. 되도록 말을 짧게 하게 된다.

무리도 아니다. 우리는 벌써 꼬박 이틀 동안 물 밖에 먹지 못했다. 딱 한 번 해바라기의 잎을 먹어 봤지만 다시 먹고 싶다는 생각이 전혀 들지 않았다.

그런 이유로 우리는 식칼을 갖고 빵집으로 향했다. 빵집은 상점가 중앙에 있고, 주위에는 이불집과 문구점이 있다. 빵가게의 주인은 머리가 벗겨진 50이 넘은 공산당원이었다.

우리는 손에 식칼을 들고 상점가를 천천히 걸어 빵가게로 다가갔다. '대낮의 결투' 같은 느낌이었다. 걸어 갈수록 빵 굽는 냄새가 점점 강해졌다. 그리고 그 냄새가 강해지면 강해질수록 우리의 악으로 향하는 비탈길의 경사도 깊어졌다. 빵가게를 습격하는 것과 공산당원을 습격한다는 사실에 우리는 흥분했고, 그 두 가지가 동시에 행해지는 것에 히틀러 유겐트 단원이 된 듯한 감동을 느끼고 있었다.

이미 시간도 늦었기 때문인지 빵가게 안에는 손님이 한 사람밖에 없었다. 어설프게 보이는 진열대를 더 초라해 보이게 하는 자못 세련된 아줌마다. 아줌마 주변에서는 위험한 냄새가 풍겨왔다. 범죄자의 계획적 범행은 언제나 세련된 아줌마에 의해 방해를 받는다. 적어도 텔레비전의 범죄 영화를 보면 항상 그랬다. 나는 친구에게 아줌마가 나갈 때까지는 아무 짓도 하지 말라고 눈으로 사인을 보냈다. 그리고 식칼을 몸 뒤로 숨기고 빵을 고르는 척했다.

아줌마는 정신이 아찔해질 정도로 오랜 시간을 들여, 마치 양복 서랍장과 삼면 거울을 고르는 듯한 신중함으로 아게빵(도넛처럼 튀긴 빵)과 메론빵을 쟁반에 올렸다. 그러나 그것을 바로 계산하려 하지는 않았다. 아게빵과 메론빵은 그녀에게 있어 하나의 정석에 지나지 않았다. 혹은 아득히 먼 북극에 가까운 곳이다. 그녀가 그것에 적응하는 데에는 잠깐의 시간이 필요했다.

시간이 경과함에 따라 우선 메론빵이 정석의 위치에서 떨어졌다. 왜 나는 메론빵 따위를 선택해버린 것일까. 그녀는 고개를 휘저었다. 이런 것을 고를 생각은 아니었다. 무엇보다 너무 달다. 그녀는 메론빵을 원래의 선반 위에 되돌려 놓고 잠시 생각한 후 크루아상 두 개를 살짝 쟁반에 올렸다. 새로운 정석의 탄생이었다. 빙산은 조금 누그러졌고, 눈이 군데군데 녹은 곳에서는 봄의 햇살까지 넘쳐나기 시작했다.

"아직도야?"

나의 친구가 작은 목소리로 말했다.

"그냥 아줌마까지 같이 처리해 버리자."

"조금 더 기다려."

나는 그를 말렸다.

빵가게의 주인은 그런 것은 안중에도 없이 라디오 카세트에서 흘러나오는 와그너의 음악에 황홀한 듯 귀를 기울이고 있다. 공상단원이 와그너를 듣는 것이 바른 행위인지 어떤지, 나는 잘 모르겠다.

아줌마는 크루아상과 아게빵을 계속 들여다 보았다. 뭔가가 이상해. 부자연스러워. 크루아상과 아게빵은 결코 같은 줄에 늘어놓아서는 안 될 것 같은 생각이 들었다. 이 두 가지에는 뭔가 서로 상반되는 사상이 있다고 그녀는 느낀 것 같았다. 자동 온도 조절 장치가 고장난 냉장고처럼 빵을 올린 쟁반이 그녀의 손바닥 안에서 달그락달그락 흔들렸다. 물론 정말 흔들린 것이 아니다. 어디까지나 비유적으로 흔들린 것이다. 달그락달그락.

"그냥 해치워 버리자니까."

친구가 말했다.

그는 공복감과 와그너의 음악, 아줌마의 흩뿌리는 긴장감 때문에 복숭아털처럼 매우 민감해져 있었다. 나는 조용히 고개를 흔들었다.

그럼에도 불구하고 아줌마는 아직도 쟁반을 손에 든 채 도스토예프스키적인 지옥을 헤매고 있다. 먼저 아게빵이 연단에 서서 로마 시민을 향해 감동적인 연설을 했다. 아름다운 어구, 훌륭한 문체, 무게감이 느껴지는 바리톤…. 짝짝짝짝, 모두가 박수를 쳤다.

다음으로 크루아상이 연단에 서서 교통신호에 대해 두서없는 연설을 했다. 좌회전 차량은 정면의 파란신호로 직진하고 마주오는 차가 있는지 없는지 잘 확인한 후 좌회전합니다, 와 같은 상황이다. 로마시민은 무슨 얘기를 하는 건지 잘 모르겠지만 매우 어려운 듯한 이야기이기에 짝짝짝짝, 박수를 쳤다. 박수는 크루아상 쪽이 약간 컸다. 그리고 아게빵은 원래의 선반으로 돌아갔다.

아줌마의 쟁반에 극히 단순한 완벽함이 집결했다. 크루아상 2개.

그리고 아줌마는 가게를 떠났다.

그럼 다음은 우리 차례다.

"배가 고파 죽을 것 같습니다."

나는 주인에게 솔직히 털어놓았다. 식칼은 여전히 몸 뒤로 숨긴 채였다.

"게다가 돈이 한 푼도 없습니다."

"그렇군. 뭐, 그런 거 같군."

하고 주인은 끄덕였다.

카운터 위에는 손톱깎이가 하나 올려져 있었고, 우리는 둘이서 그 손톱깎이를 계속 응시했다. 이것은 독수리의 손톱도 자를 수 있을 정도로 거대했다. 아마도 뭔가 장난을 치기 위해 만들어진 것 같다.

"그렇게 배가 고프면 빵을 먹으면 되지."

주인은 말했다.

"하지만 돈이 없습니다."

"아까 들었어."

주인은 귀찮은 듯 말했다.

"돈은 필요 없으니까, 원하는 만큼 먹으면 돼."

나는 다시 한 번 손톱깎이로 눈을 향했다.

"괜찮겠습니까? 우리는 지금 악을 향해 달리고 있습니다."

"음."

"그러니까 타인의 혜택을 받을 수는 없지요."

"음."

"그런 겁니다."

"그렇군."

주인은 다시 한 번 끄덕였다.

"그럼 이렇게 하지. 자네들은 원하는 빵을 먹어도 좋아. 그 대신 난 자네들을 저주할게. 그걸로 될까?"

"저주하다니, 어떤 식으로?"

"저주는 항상 불확실하지. 버스의 시각표와는 달라."

"잠깐 기다려 봐."

친구가 말참견을 했다.

"난 싫어. 저주 같은 거 받기 싫다고. 아예 그냥 죽여 버리자."

"기다려, 기다려."

주인이 말했다.

"난 살해당하고 싶지 않아."

"난 저주당하고 싶지 않아."라는 친구.

"하지만 뭔가의 교환이 필요해."라는 나.

우리는 잠시 손톱깎이만 노려보며 침묵을 지키고 있었다.

"이건 어떨까?"

주인이 입을 열었다.

"자네들 와그너는 좋아하나?"

"아니요."

내가 말했다.

"아니요."

친구가 말했다.

"좋아해 준다면 빵을 먹게 해주지."

마치 암흑대륙의 선교사 같은 이야기였지만 우리는 곧 그 제안을 받아들였다. 적어도 저주를 받는 것보다는 훨씬 낫다.

"좋아요."

나는 말했다.

"난 와그너를 좋아해요."

친구가 말했다.

그리고 우리는 와그너를 들으면서 배가 가득해질 정도로 빵을 먹었다.

"음악사상에 찬연함으로 빛나는 이 '트리스탄과 이졸데'는 1859년에 발표된 것으로 후기 와그너를 이해하기 위해서는 빼놓을 수 없는 중요한 작품이 되었습니다."

라고 주인은 해설서를 읽어주었다.

오물오물.

꼬물꼬물.

"콘월 국왕의 조카 트리스탄은 숙부의 약혼자인 왕녀 이졸데를 맞이하러 갔습니다. 그러나 돌아오는 길 배 위에서 트리스탄은 이졸데와 사랑에 빠져 버립니다. 앞에서 나오는 첼로와 오보에로 연주된 아름다운 테마가 두 사람의 사랑의 모티브입니다."

두 시간 후 우리는 서로 만족하고 헤어졌다.

"내일은 '탄호이저'를 듣지."

주인은 말했다.

방에 도착했을 때 우리 속의 허무는 이미 완전히 사라졌다. 그리고 상상력이 평온하고 완만한 언덕을 굴러 내려오듯 달그락달그락 움직이기 시작했다. ___ ⓜ

handsome

미남으로 태어나지 않아 다행이다.

미남으로 태어난 사람은 정말 불쌍하다. 그렇다고는 하지만 미남은 옛날에 여러 가지 좋은 추억을 많이 만들었기 때문에 지금은 불쌍해졌어도 어쩔 수 없다고 말하는 사람도 있다. 하지만 옛날에 좋은 추억을 많이 만든 것은 그야말로 옛날에 태어난 미남으로, 현대를 살고 있는 미남은 그런 좋은 추억을 맛보지 못했기 때문에 역시 불쌍하다.

신경이 둔한 사람을 위해 왜 미남이 가여운지를 이야기해 둘 필요가 있을 것 같다.

야마구치란 성을 가진 아이돌 가수는 결혼을 해서 ○○모모에가 되었다. 그녀가 연인선언을 했을 때 사람들은 무슨 말을 했던가. "○○ 같은 사람하고?!"라며 ○○도모카즈에 대해 차별

하지 않았던가. 이 '같은'에 확고한 근거는 없다. ○○가 미남이라는 것만이 경멸의 이유였다.

미남→얼굴이 무기→알맹이 없음→바보→죽어라⋯⋯. 모두들 이렇게 생각하고 있으니 가여운 것이다. 그러나 미남이라고 반드시 알맹이가 없으라는 법은 없다. 그것은 뚱보라고 모두 성격이 좋다고 단정지을 수 없는 것과 마찬가지다.

미남이 평범한 얘기를 하면 거짓말을 하는 것처럼 보인다. 미남이 바나나의 껍질을 밟고 미끄러져 넘어지면 사람들은 꼴좋다고 생각한다. 그들은 완전히 차별받고 있는 것이다.

사람들은 자신과 거리감이 느껴지는 것에 대해 절대 관대하지 못한 것 같다.

자신에게 가까운 것, 자신보다 약한 자가 바나나의 껍질을 밟고 넘어지면 마치 자신이 넘어진 것처럼 아픔을 느끼기도 한다.

미남은 외모를 권력으로 하고 있다고 생각되지만 실은 사람들이 인간을 외견으로만 판단하고 있지는 않은가?

안타깝게도 이 시대에 핸섬한 남자로 태어난 사람은 다른 사람들 이상의 노력을 해서 미남임에도 불구하고 대단한 사람이 되어야만 한다. ＿ ⓘ

매주

beer

진구구장에 바친다

"**마쓰오카가** 홈런을 날릴 수 있던 건

저 때문이 아닙니다."

라고 불운한

맥주판매 소년은 말했다.

1981/ 5/ 16

*「야쿠르트 슬로워즈 시집」에서 __ ⓜ

새벽에 노크 소리가 나서 문을 열어보니 오른손에 45구경 자동권총을 든 친구가 덜덜 떨면서 문 앞에 서 있어서, 미안하지만 멕시코까지 도망가 줘, 라고 말했다.

그런 일은 인생에서 몇 번이나 일어나는 것은 아니다. 아니, 대다수의 사람들의 경우 일생에 한 번 일어날까 말까한 일이다. 혹시 일어났다고 해도 운이 좋게 당신은 잠에 푹 빠져서 노크 소리를 듣지 못할지도 모르고, 무엇보다 멕시코는 너무 멀다.

게다가 만약 진짜 그런 일이 일어난다고 하면 우리도 역시 필립 말로우 씨처럼 커피를 준비하는 것에서부터 시작해야 할 것이다.

"잠깐 기다려. 지금 커피 탈 게. 얘기는 그때부터 해."

나에게도 그런 경험이 있다.

아침 다섯 시에 여자가 내 방 문을 노크했다. 밖에 가는 비가 내리고 있는지 그녀는 고장 난 스팀다리미처럼 완전히 젖어 있었다.

그녀는 지금 뭘 하고 있을까?

지금도 아침 다섯 시에 누군가의 방문을 노크하고 있을까? ＿

ⓜ

블루 스웨이드 슈즈
blue suede shoes

'**우리** 집을 태워도 돼

내 술을 원하는 만큼 마셔도 돼

뭐든 좋으니까

하고 싶은 대로 해

하지만, 베이비

내 블루 스웨이드 슈즈만은 손을 대서는 안 돼.'

칼 파킨즈

'블루 스웨이드 슈즈'

이 노래 덕분에 나는 오랜 기간 동안 블루 스웨이드 슈즈에 동경을 품게 되었다. 블루 스웨이드 슈즈만 신으면 인생 따위 매우 쉽게 흘러갈 것 같은 기분이 들었다. 그게 열네 살 때의 일이었다.

'하지만, 베이비

내 블루 스웨이드 슈즈만은 손을 대서는 안 돼'

아무튼 이 노래가 마음에 쏙 들었다.

열여섯 살이 되면, 하고 나는 생각했다. 열여섯 살이 되면 분명 블루 스웨이드 슈즈를 사리라. 열여섯이란 나이는 왠지 블루 스웨이드 슈즈에 맞는 나이라고 생각했다. 열여섯 살이 되면 여자친구는 열다섯 명 정도 있어서, 매일 그녀들과 데이트를 하면서 '이봐, 이봐! 내 블루 스웨이드 슈즈에 손대지 마!' 라고 말하고 있을 거라 생각했다. 열네 살 때는 그런 바보 같은 일만 생각했다.

그리고 동시상영 영화의 휴식시간 같은 느낌으로 2년이 흘러 나는 열여섯 살이 되었다. 열여섯 살의 생일에 나는 염원의 블루 스웨이드 슈즈를 샀다.

그래서 무슨 일이 일어났을까?

아무 일도 일어나지 않았다.

3월에 내가 데이트한 여자는 이미 남자친구가 있었다. 그녀는 남자친구가 진한 스킨십을 요구하는 것에 대해 매우 고민하고 있었다. 그래서 나는 그녀의 상담을 들어줬다.

단지 그뿐.

6월에 데이트한 여자는 그야말로 말이 통하지 않았다. 내가 남극에 대해 이야기하고 있을 때 그녀는 북극에 대해 생각하고 있었다. 그런 이유로 펭귄과 백곰은 안주의 땅을 잃고 정처 없이 방황의 여행에 나서야만 했다.

그렇게 끝.

7월에 데이트한 여자는 내가 정한 허용체중을 3킬로그램 넘어섰다.

9월에 데이트한 여자는 영화관에서 코만 골아댔다. 하지만 그녀는 꽤 멋있었다. 두 번째 데이트 때 그녀는 나에게 말했다.

"있잖아, 그 파란 신발 잘 안 어울려."

그리고 나는 블루 스웨이드 슈즈를 신발장 속에 집어넣었다.

그녀에게 남자친구는 없었고 내가 남극의 이야기를 할 때에는 제대로 남극에 대해 생각해 주었고, 지나치게 뚱뚱하지도 않았다. 감기가 나은 후로는 코도 잘 골지 않게 되었고, 진한 스킨십에 대해서도 그다지 고민하지 않았다.

어쨌든 그런 식으로 나는 조금씩 행복해져갔다.＿ⓜ

블루베리 아이스크림

blueberry ice
cream

"블루베리 *아이스크림이 먹고 싶어"*

새벽 두 시에 그녀가 선언했다.

도대체 왜 여자란 생물은 어째서 이렇게 말도 안 되는 시각에 말도 안 되는 것을 생각해내는 것일까. 나는 특별히 이렇다 할 이유도 없이 장개석과 국민정부가 더듬어 간 운명을 생각하며 셔츠를 입고 큰길로 나가 택시를 잡아탔다.

"어디든 좋으니까 블루베리 아이스크림을 팔고 있는 가게로 가주세요."

운전사에게 말하고 난 후 눈을 감고 하품을 했다.

십 분 정도 지났을까. 택시는 처음 보는 동네의 처음 보는 빌딩 앞에 멈췄다. 꽤나 오래된 삼층 건물에 현관만이 기분 나쁠 정도로 크고, 옥상에는 이유를 알 수 없는 깃발이 일곱 개나 있었다.

"정말 여기에서 아이스크림을 팔고 있어요?"

나는 운전기사에게 물었다.

"그러니까 온 거 아닌가."

운전기사는 대답했다.

드라마 '검의 전술'에 실릴 만한 정말 훌륭한 대화다. 나는 돈을 내고 택시에서 내려 건물로 들어갔다.

건물의 안내데스크에는 이제 갓 스무 살이 되어 보이는 젊은 아가씨가 앉아 있었다. 그녀는 실제로는 손가락 하나 움직이지 않고 있으면서 바빠 죽겠다는 얼굴을 하고 있다.

내가 "블루베리 아이스크림을 사러 왔어요."라고 말하자 그녀는 왜 하필이면 이런 때 왔냐는 듯 불쾌한 표정을 지었다. 그리고 매우 화려한 파스텔컬러의 종이를 나에게 내밀었다.

"여기에 주소와 이름을 쓰고 3번문으로."

나는 연필을 빌려 종이에 주소와 이름을 써 넣었다. 끼적끼적. 그리고 관처럼 보이는 계단을 올라가 3번문을 밀었다. 방 한가운데에는 탁구대 정도 크기의 테이블이 있고, 거기에는 젊은 남자가 앉아서 오른손과 왼손에 한 장씩 서류를 든 채 서로 비교해보고 있었다.

"블루베리 아이스크림."

내가 종이를 내밀자, 그는 내 모습도 보지 않고 거기에 꽝, 하고 고무도장을 찍었다.

"6번."

6번문에 도착하기 위해 나는 깊은 강을 건너야만 했다. 하얀 서치라이트의 빛이 수면을 빙글빙글 돌고, 때때로 빵빵, 하는 먼 총소리가 들렸다.

6번과 8번문 사이에는 오래된 교회를 이용한 야전병원이 있고, 손발이 떨어진 많은 군병들이 정원의 잔디밭 위에 떼굴떼굴 굴러다니고 있다. 야전병원의 식당에는 드럼통 3개 분량의 럼 레이즌 아이스크림이 있었지만 블루베리 아이스크림은 없었다.

"블루베리는 14번이야."

주방장이 알려 주었다.

14번문은 야간포격으로 파괴되어, 앙상한 문틀만 남아 있었다. 그리고 그 틀에는 메모용지가 핀으로 꽂혀 있었다.

"용무가 있는 사람은 17번으로."

17번문 앞에는 낙타의 대군이 반란을 일으키고 있다. 밤의 어둠은 낙타의 높은 비명소리와 소변 냄새로 가득 차 있다. 나는 겨우 정신을 차리고 우호적인 낙타를 한 마리 발견해 17번문을 열어달라고 부탁했다.

17번문은 마지막 문이었다.

내가 문을 열자 안에는 멋진 복장을 한 두 중년남자가 큰개미핥기와 맞붙어 싸움을 하는 중이었다. 그들은 몸 전체에서 피를 철철 흘리고 있다. 두 남자 모두 블루베리 아이스크림을 노리고 여기에 온 것이다.

저주받은 블루베리 아이스크림.

그러나 나는 결코 감상적인 인간이 아니다. 나는 두 명의 중년남자와 큰개미핥기를 'Y의 비극'처럼 만돌린으로 차례대로 때려죽이고는 냉동금고를 열고 블루베리 아이스크림을 손에 넣었다.

"드라이아이스는 얼마나 넣을까요?"

매장의 여자가 물었다.

"30분."

나는 쿨하게 답했다.

아이스크림을 갖고 집에 돌아온 것은 새벽 다섯 시였다. 그녀는 이미 푹 잠들어 있었다. __ ⓜ

playboy party joke

I

앨리스가 여행에서 돌아와 보니 남편 조지가 침대 속에서 젊은 암컷 개미핥기와 한창 사랑을 나누고 있는 중이었다.

"어머, 조지! 당신이란 사람은 정말! 내가 집을 비운 사이에 개미핥기를 침대 속으로 끌어들이다니!"

"개미핥기?!"

조지는 말했다.

"이런, 나는 얼룩말이라 생각했는데."

2

루이스가 여행에서 돌아와 보니 침대 속에서 얼룩말과 개미핥기가 한창 사랑을 나누고 있는 중이었다.

"프레드! 당신, 어디에 있어요? 침대 속에 얼룩말과 개미핥기가 뒤엉켜 있어!"

"이봐, 바보 같은 소리 하지 말라고!"

얼룩말이 말했다.

"잘 봐. 내가 침대 속에서 프랑스빵을 갉아 먹고 있을 뿐이잖아!"

3

얼룩말과 개미핥기가 신혼여행에서 돌아와 보니 침대 속에서 옆집의 리처드가 혼자 마스터베이션을 하고 있는 중이었다.

"이봐, 자네 도대체 거기서 뭘 하고 있는 거야!"

"바보 같은 소리!"

리처드는 말했다.

"자네 집은 옆이야!"

4

1월 23일 오후, 산보를 하던 마이켈은 공원의 연못에서 실오라기 하나 걸치지 않은 모습으로 수영하고 있는 이웃의 딸을 발견했다.

"아니, 애니. 이렇게 추운데 용케 감기도 안 걸리나 보네."

"무슨 소리를 하는 거야, 바보!"

딸은 말했다.

"오늘은 8월 4일이야."

마이켈은 코트의 주머니에서 수첩을 꺼내 달력을 보았다. 확실히 오늘은 8월 4일이었다.

5

어느 날 런던경찰국에 한 마리의 개미핥기가 자수해왔다.

"실은 털양말로 아내를 죽였습니다."

"자세하게 말해 보세요."

경찰관이 말했다.

"집에 돌아가 냉장고를 열어 보니 저의 소중한 털양말이 뻣뻣하게 냉동되어 있었습니다. 그래서 화가 울컥 치미는 바람에 그만 아내를 그 양말로 때려 죽였습니다."

"그래서 사체는?"

"대형 만돌린에 매달아서 템스 강에 빠뜨렸습니다."

"어째서 만돌린으로?"

"분명 뭔가의 콤플렉스가 아닐까 생각합니다만."

"그런 얘기는 말이지요."

경찰관은 한숨을 쉬었다.

"〈플레이보이〉보다는 〈모농콜레〉(1981년에 창간된 현대사상을 담은 잡지로 6호만 찍고 폐간되었다) 용이라고요."

6

에디가 플로리다 출장에서 돌아와 보니 침대 속에서 로널드 레이건과 여치가 한참 사랑을 나누고 있는 중이었다.

"대통령 각하!"

에디는 놀라서 말했다.

"도대체 거기서 뭘 하고 계시는 겁니까?"

"바보 같은 놈, 보고서도 모르나!"

레이건은 호통을 쳤다.

"얼룩말이 모두 다 나가버렸다고."

이제는 정말 뭐가 뭔지 잘 모르겠다.

7

로널드 레이건이 오타와 서미트에서 돌아와 보니 대통령의 의자에 개미핥기가 앉아 있었다.

"이봐, 자네. 대체 거기서 뭘 하고 있는 거야!"

레이건이 소리를 질렀다.

그것뿐. __ⓜ

Baseball

야구에도 *빛과 그림자가 있다.*

여기서 빛의 궤적에 해당하는 것이 기록이다.

초등학교 때 나는 좋아하는 선수의 타율을 매일 달달 외우고 다녔다. 특히 좋아하는 선수가 미스터 올스타로 선정될 만한 역사적인 타자였기 때문에 내 머릿속의 '타율'이란 언제나 3할 타율 이상이었다. 타자란 열 타석에 한 번 이상의 안타를 쳐야 한다. 그리고 때로는 카메라 렌즈가 쫓아가지 못할 정도로 빠르고 예리한 타구를 좌익 스탠드에 꽂아야 한다. 이것이 당연한 것이라 생각했다.

좋아하는 선수가 한 명 생기면 언제나 그 선수만 보게 된다. 그 선수에 대한 것만 알게 된다. 즉 이것은 필연적으로 다른 쪽으로 가는 시선이 적어지는 것이기 때문에 야구라는 게임 전체의 흐름을 보지 않게 되는 것은 물론, 팀의 다른 선수에 대한 것 조차 생각의 암흑 속으로 들어가 버린다.

그렇게 중점적으로 스포트라이트를 받아온 선수가 미스터 올 스타로 불리는 거물급이 아니라면, 예를 들어 '준미스터' 라든 가 '불펜, 에이스' 혹은 '장애물의 마술사', '번트의 귀신' 과 같 은 것이었다면 나의 인생은 전혀 다른 방향으로 흘렀을 것이다.

안타란 네 타석에 한 번 정도 볼 수 있는 귀한 영상이야. 사람 이 열심히 노력을 계속하면 언젠가 보답을 받겠지. 혹시 보답을 받지 못한다 하더라도 최선을 다했으니 그런대로 괜찮지 않겠 어? 오늘은 그냥 술이나 마시자고. 이런 사고방식을 갖고 있었 을지도 모른다.

야구를 관전하는 방법이 내 성격을 형성했다고 딱 잘라 말할 수는 없지만, 그 후 내가 좋아하게 된 것, 좋아하게 되는 과정 등을 생각해보면 큰 공통점이 있는 것 같다.

그것은 말하자면 언제나 맛있는 것만 차려져 있는 식탁에 앉 고 싶어하는 것처럼, 쓸데없이 겉보기만 좋은 테마에 익숙해져 있다.

그 때는 이런 것이 보통이라고 생각했다. 타율로 말하자면 3 할 몇 푼, 몇 리라는 것이 내가 알고 있는 보통의 숫자인 것이 다. 이와 동시에 그것을 할 때에는 꼭 이렇게 하길 바란다, 혹은 이렇게 되지 않으면 재미없어 라고. 왜곡된 이상주의가 몸에 베어버렸다.

여자의 인생은 첫 남자에 의해 결정된다는 말을 진리처럼 말하는 호색한의 논리로 보면 최초에 열광하며 좋아한 아이돌에 의해 청소년의 인생의 길이 정해지게 되는 것이다.

무섭다. 무섭지만 새빨간 거짓말이라고 무시할 수만은 없는 설득력이 있다.

이상이 빛을 보고 걸어온 나의 야구팬 인생이지만, 최근에는 그 시절과 같은 눈부신 광원이 없기 때문에 야구의 어둠을 지켜 보기도 한다.

예를 들면 스코어보드에 이름도 발표되지 않고, 야외에서 공이 날라 올 때에만 돌연 선 안의 잔디밭에 나타나는 '선심'이란 인물의 존재다. 펜스의 양 날개, 문제 외(파울) 그라운드와 현장 (페어) 그라운드의 경계선상에 서서 양쪽으로 한 발씩 내딛고 가만히 눈에 띠지 않게 숨을 쉬고 있는 저 두 인물은 무슨 생각을 하면서 시합을 보고 있는 것일까. 저 사람들의 아들은 아버지가 가져다 주는 야구 관람표를 손에 들고, 친구 A나 B를 데리고 관객석의 어딘가에 앉아있을 것이다. 그 역시 가끔씩 아버지 쪽을 보면서 '아, 아버지.' 라고 마음속 깊은 곳에서 중얼거리기도 하는 걸까. 그런 것을 생각하기도 하면서 놀고 있는 것이다. 그러나 이것은 어디까지나 빛이 아닌 것에는 틀림은 없지만, 그렇다고 그림자 부분이라고는 말할 수 없다.

그림자 부분은 다양한 사람들이 각자의 상상력을 동원해 지나치게 무거울 정도로 의미를 두고 있기 때문에 우선 내 상상력 안에는 만들지 않으려 한다. __ ①

펭귄

penguin

펭귄 *장난감, 인형, 포장지, 재떨이, 전기스탠드 등등 순식간에 펭귄의 수가 늘어났다.*

게다가 어느 날 친구가 신기한 걸 발견했다며 합성 고무로 만들어진 펭귄 전동인형을 사다 주었다. 이른바 어른의 장난감으로 만들어진 적갈색의 페니스처럼 생긴 펭귄은 장식해 놓을 만한 대단한 물건이 아니었기 때문에 상자에 넣어둔 채 그냥 두었다. 상자에는 빙산에서 노는 천진난만한 펭귄의 그림이 야시시한 내용물의 어른스러움을 커버하고 있다.

계속 상자에 넣어 둔 채 지내다 어느 날 갑자기 생각이 난 것이 '녀석 그러고 보니, 동정이네' 란 사실이었다.

그것만을 목적으로 세상에 태어나 일생동안 그것을 경험해보지 못한 채 죽는다니. 아, 어떻게 생각하면 사용하지 않는 이상 그의 생명은 반영구적으로 계속되어 버릴지도 모른다.

친구들은 '그것 참 불쌍하네.' 라며 웃지만 누구도 거두어 주려 하지는 않는다.

내가 여자였다면 다소의 공덕을 베풀어 줄 수 있었을 텐데. 정말 답답한 노릇이다.

만약 귀여워 해줄 분이 있다면 무료로 드릴 테니 하루키사(社) 앞으로 연락 주십시오. 비밀은 엄수하겠다고 담당자도 말하고 있으니 빠른 시일 내로 연락 주십시오.

(이 얘기, 거짓말이라고 생각하려나) ⓘ

고래

whale

인터뷰 중인 여자가수가 스탠드 마이크를 자신의 입 근처로 가져다댔다.

마이크로폰의 철망에 립스틱이 묻었지만 마이크는 단순한 기계이기 때문에 기쁘단 말도, 기분 나쁘다는 말도 하지 않았다. 대신 립스틱을 묻힌 여자가수의 목소리가 스피커를 통해 울려퍼졌다.

"지금 질문하신 기자분에게 제 쪽에서 한 가지 질문을 하겠습니다. 당신은 고래 고기를 먹고 있습니까?"

왔다! 내가 대답할 순서다. 다른 매스컴 관계자들이 모두 내 얼굴을 보고 있다.

여성가수는 내 대답을 들어 보기도 전에 알았다는 표정으로 엷은 웃음을 띠우고 있다.

이번에는 내가 마이크를 잡았다.

"물. 론. 먹고 있습니다."

정직하게 말하자면 나는 최근 수년간 고래 고기를 먹지 않았다. 그러나 내 친구는 조금씩 먹고 있다. 친구 아내의 아버지가 시코쿠에서 어부를 하고 있어서, 고래의 꼬리 고기만큼 맛있는 게 없다며 항상 자랑한다.

따라서 내 대답은 처음부터 정해져 있었다.

연예인보다도 짙은 화장을 한 통역 담당자가 내 대사를 강조하듯 큰 소리로 영어로 말했다.

"오브 코올스! 올웨이즈!"

생각해보면 정말 딱 맞는 통역이다.

나는 다그치듯 일본어로 덧붙였다.

"고래 고기는 맛있습니다. 정말 좋아합니다. 나는, 매일 고래와 돌고래와 치쿠와(으깬 생선을 꼬챙이에 껴서 말려 구운 것)도 먹고 있는데, 그게 어떻다는 건가요?"

여성가수는 얼굴을 약간 붉히면서 숨을 가라앉힌 후 천천히 나에게 뭔가를 말했다. 주위에 많은 인상을 찌푸린 파란 눈동자들이 날카롭게 나를 주시하며 한 발짝씩 물러섰다.

그리고 통역사가 똑같은 눈초리로 나에게 천천히 말했다.

"오늘부터 고래와, 돌고래 먹는 것을 그만 둬 주십시오. 치쿠와도 말입니다." ＿ ①

호텔
hotel

모월 *모일 6시 50분.*

나는 이 원고를 모 호텔의 21층에서 쓰고 있다. 오늘이 3일째 통조림 생활이다.

일은 천천히, 좀처럼 진행되지 않고 신음의 흔적만이 지우개 부스러기가 되어 책상 위에 쌓여 갔다.

첫날밤은 옆방의 손님이 심야까지 술에 취해 난동을 부렸다. 죽여 버려, 이 어린 새끼가 등 난잡한 대화가 스미다가와 불꽃놀이처럼 날아들었다. 나는 스스로를 젊다고 생각하고 있기 때문에 어린 새끼를 죽여 버린다는 위협이 다른 사람에게 하는 말이란 걸 알면서도 무서웠다. 30분 정도라면 리얼한 연극이라도 관람했다고 생각해 포기할 생각이었지만, 두 시간 가까이 계속되었지만 아직 에필로그조차 끝나지 않은 것 같아서 프론트에 전화해서 방을 바꿔달라고 했다.

끊어졌다 이어졌다를 반복하며 들려오는 소리 중 특히 크게 들리는 단어를 연결해 보면 옆의 손님은 젊은 녀석에게 300만 엔을 빌려준 것 같았다. 상대 젊은 녀석이 전혀 말대답도 하지 않고 있어 이상하다고 생각했지만, 호텔의 직원이 "아무래도 전화로 얘기하고 있는 것 같습니다."라고 말해서 왠지 안심이 됐다.

새롭게 짐을 푼 방은 폴터가이스트의 처가였다. 끊임없이 우당탕하는 소리가 났다. 이 방의 천장은 22층의 바닥으로, 아무래도 그 바닥을 자신만을 위한 바닥이라고 생각하는 가족이 숙박하고 있는 것 같다. 아이도 여럿에다 녀석들의 성격이 매우 활동적인지 방에 있는 내내 뛰고, 굴러다녔다.

인공적인 폴터가이스트 현상은 오전 한 시까지 계속되더니 갑자기 꽝! 그쳤다.

이것이 내 통조림 생활의 두 번째 밤이었다.

아침이 되어 옷도 갈아입지 않고 침대 속으로 들어가 몇 시간을 잤다. 즐겁지도 않은 꿈을 많이 꾸었다.

찌뿌드드한 기분으로 일어나 잠시 멍하니 있다가 지하의 초밥집에서 아무런 쓸모없는 초밥을 몇 개인가 먹었다. 입 속에서 꾸물꾸물 씹고 있는, 맛없는 초밥과 요리사의 얼굴이 부모 자식처럼 많이 닮았다.

현재시각, 8시 35분.

이 원고를 쓰기 시작한 지 몇 분 후 토막극이 벌어졌다.

복도에서 묘하게 삐악거리는 목소리의 여자와 세일즈맨 분위기의 명쾌한 목소리의 남자가 걸어왔다.

"나 못 믿어? 난 신사야. 그런 짓은 하지 않아."

모든 상황을 설명해 주는 남자의 말이 문을 통해 들려왔다.

내 맞은편 방의 문이 조용히 닫혔지만, 음량만 줄어들었을 뿐 대화 목소리는 복도에 있을 때와 똑같이 명쾌하게 들렸다.

"으응, 싫어."

나에게는 이곳이 통조림 생활의 장소이지만 삐악삐악 목소리와 세일즈맨 느낌의 명쾌한 목소리에는 '으응, 싫어'의 장소인 것이다.

그들은 물론 아무 것도 나쁘지 않다. 그렇다고 해서 내가 나쁘다는 것도 아니지만, 이럴 경우 '으응, 싫어'를 들어버린 쪽이 어딘지 모르게 열등감을 느끼게 된다.

이런 열등감은 없어도 좋은 것이다. 그러나 지금 상황 속에 놓인다면 보통 인간들은 어떻게 할까? 인간 대표 ①인 나는 그것을 그대로 되돌려 주는 쪽이다. 불합리한 열등감을 상대에게 던져주는 것이다.

삐악삐악과 세일즈맨이 불행해졌으면 좋겠다. 그런 생각을 하면서 무대의 진행을 주시하는 것이다. '으응, 싫어'가 몇 분

후에 '으응, 좋아.'로 변질되는 일이 있다면 지구는 그들이 원하는 대로 모든 것이 이루어지는 꿈의 나라가 아닌가. 신이시여 두려움을 모르는 저들에게 시련을 내려주십시오. 그리고 저의 시련은 하루키사(社)를 경유해 약간 절감해 주십시오, 라고 생각하는 것이다.

그러나 그럼에도 불구하고 어느 쪽도 나쁘다고 할 수 없다. 그런데 만약 '으응, 좋아'로 바뀌면 나는 홧김에 청각의 파라볼라 안테나를 그쪽으로 향하게 된다. 그리고 이런 짓을 함으로써 나의 열등감은 더욱 크게 쑥쑥 자란다. 예전에 에도가와 란포의 탐정소설을 읽고, '란포는 무서운 사람이다'라고 생각했었는데 지금의 내가 바로 란포가 된 것은 아닐까. 난 역시 뿌리 깊은 어두운 성격인 걸까, 라고 고민하지 않을 수 없다.

하지만 행운은 조급하게 서두른다고 오는 것이 아니라고 했다.

세일즈맨은 실패했다. 자기의 설득력을 과신한 것이 패인이었다. 한때는 삐악삐악이 우는 목소리가 되어 혹시 이대로 수렁에라도 빠지는 것은 아닐까 걱정되었지만, 그 직후 세일즈맨이 우는 목소리로 삐악삐악의 모성본능을 자극하며 '우리 밥 먹으러 가자'로 다시 무대 공간은 열렸다. 문이 열린 것이다.

다행이다. 고마워, 삐악삐악. 자네의 선행은 한 명의 통조림 생활자의 정신을 위기에서 구해준 거야. 나는 지금 막 막이 내린 연극의 대강의 줄거리와 감상을 어시스턴트 이시이 모토히로에게 전화를 걸어 말해줬다.

"호텔이란 정말 야하군요."

이것이 그의 감상이었다.

나는 내 속의 에도가와 란포와 대면하지 않고, 원래의 단순하고 밝은, 피로에 찌든 나로 돌아올 수 있어서 기뻤다.

삐악삐악도 훌륭했지만 생각해 보면 세일즈맨도 가엾다. 그리고 나도 대단하다.

사실은 이 앞에서 마침표가 나왔어야 하지만, 그 후 6시간 뒤 대단원을 뒤집는 사건이 일어났다. 그들이 나쁜 것은 아니지만, 나는 두 사람을 원망했다.

이미 에도가와 란포가 될 기력도 없었기 때문에 나는 키와 잔돈을 들고 방에서 나왔다.

로비의 종업원들은 심야에 계속 시계를 보며 끝도 없이 텔레비전 게임을 하고 있는 나를 보고 무슨 생각을 했을까. __ ①

hotel

왜 구라마텐구는 포니테일을 하지 않았을까? 라는 아키코의 질문은 반 전체의 비웃음을 샀다.

"하지만 이것은 훌륭한 문제의식입니다."

담임인 다가미 선생님은 아키코를 응시하며 말하고는 칠판에 PONY TAIL이라고 하얀 분필로 썼다. 그리고 손가락에 묻은 분필 가루를 책상의 모서리에 문질러 비비고는 '망아지의 꼬리' 라고 일본어로 읽었다.

반장 마카즈가 하늘을 향해 찌를 듯 오른손을 올렸다.

"구라마텐구는 복면을 하고 있기 때문에 혹시 포니테일이었을지도 모른다고 생각합니다."

마카즈가 계속해서 뭔가를 말하려고 하자

"아닙니다. 복면을 하지 않았을 때의 얼굴도 나온 적이 있지만 제대로 촌마게(일본식 상투)를 묶었습니다."라며 아키코가 가로막았다.

'존재와 본질' 이라고 다가미 선생님은 다시 칠판에 썼다. 그리고 존재란 문자 주위에 빙글빙글 원을 두르고 화살표를 잡아뺐다.

"한 번의 성적 교합으로 방출되는 정자의 수는 약 2억에서 3억이라고 합니다."

"선생님, 구라마텐구의 이야기는 어떻게 되는 건가요?"

마카즈가 강한 어조로 말하며 일어섰다.

"구라마텐구도, 그러니까, 2억에서 3억이라고 말하고 있는 거야."

"그래, 하나의 둥근 고리 구조 안에서 얘기되는 테마야. 다가미 선생님은 과학 자체의 개념이 이데올로기로 그 현상을 인식하지 않고 과학이라는 카테고리를 묶어버리는 것은 재미없다고 말씀하시고 계시는 거야!"

아키코도 소리쳤다.

"아키코, 너, 선생님이랑 섹스한 거야?!"

마카즈의 목소리는 비통한 새 울음소리처럼 교실 전체에 울려 퍼졌다.

초등학교 1학년 교실에서 이런 바보 같은 수업을 하고 있다니, 유리창을 깨고 2억에서 3억의 구라마텐구가 쳐들어 와도 뭐라 할 수 없을 것이다.

역시 구라마텐구들은 복면을 하고 있기 때문에 포니테일인지 아닌지 분명치 않다. ＿ ①

*BGM으로는 '헤이, 폴라'를

마가린

margarine

레서 판다가 판다를 바보취급하면 판다 친위대가 화를 낸다. 그러나 마가린은 이제 슬슬 버터를 비웃어도 좋지 않을까?

지금까지 역사적으로 마가린은 버터라는 본가의 위신을 지키기 위해 스스로의 인생을 희생해 온 분가와 같은 역할을 해 왔다. 마가린은 확실히 버터와는 다른 향을 갖고 있다. 버터와 다른 맛이 난다. 버터와 다른 가격이 붙어 있다.

사람들은 버터에 가까이 다가가려 애처롭게 노력하는 마가린을 보며 오다 노부나가의 충복이었던 아케치 미쓰히데를 보는 듯한 눈길로 보아왔다.

하지만 동물원의 원숭이가 아무리 노력해도 사람이 될 수 없는 것처럼 마가린이 아무리 노력해도 버터에 가까운 마가린으로 남을 수밖에 없다. 아니, 남을 수밖에 없는 것이 아니라 절대 될 수 없다.

그러나 그렇다고 원숭이가 인류에게 사죄하지 않듯이 마가린 역시 버터 앞에서 굴욕스럽게 굴 필요는 없다.

버터 따위 말이야, 딱 잘라 말해 시대에 뒤쳐진다고. 고지방, 고칼로리에다가 소만 고생하고. 마가린은 버터의 흉내를 내어 '우와, 똑같아!' 라고 갈채를 받을 수도 있지만 버터와 닮았다는 이유로 거드름을 피울 것도 없다.

세계의 모든 소가 도살되었다고 생각해 보라. 버터 절명이다.

마가린이라면 괜찮다. 정어리가 죽어도, 홍화가 말라죽어도, 옥수수가 멸종되어도, 석유가 없어져도, 고래가 사라져도 왠지 마가린이라면 재료가 있을 것 같다.

여러분, 마가린에게 애정을 가져 주세요. 좋은 녀석입니다.

이제부터는 부엌에 커다란 깡통 속에 담겨 있는 업무용 마가린을 둡시다. 그리고 커다란 나무 주걱으로 푹푹 떠서 요리와 토스트에 충분히 이용합시다.

아무리 노력해도 쓰고 싶지 않은 사람은 사서 그저 바라만 보는 것만이라도 좋습니다. 색상도 예쁘고 사랑이 점점 싹틀지도 모릅니다. 모르는 사이에 마가린 협회의 어설픈 CF처럼 되어 버렸다. 이렇게 강하게 권하면 분명 굉장히 안 좋은 것이니 이렇게 필사적으로 팔려고 한다고 생각되어 역효과가 날지도 모르는데. __ ①

masquerade

가면이라는 말을 세상에서 없애고 싶어.

갑자기 없애면 공백이 생겨 버리니 '낯'을 대입해 보는 것이
어떨까?

가면이란 말은 왠지 입에 닿는 느낌이나, 혀의 촉감이 인텔리
같잖아. 그런 거, 전부, 없애버리는 게 좋다고 생각해.

"나는 나라는 가면을 쓰고 있다"라든가 "가면 위에 가면, 그
리고 그 위를 또 다른 가면으로 덮어씌우면서 얼굴의 피부와 가
면의 경계가 소실되었어."라고 말하면 뭔가 대단한 것 같잖아.
하지만 뜻만 놓고 보면 '낯'으로 바꾸어도 마찬가지지.

"나는 나라는 '낯'을 쓰고 있다"라든가 "당신 따위 엄마라는
'낯'을 벗기면 단순한 암캐야."라는 등등.

미시마 아무개 씨의 '낯의 고백'과 같은 이야기도 약간 보고

소울메이트

236
237

싫어지지 않아?

사람을 웃기는 '고케이' 같은 말도 마찬가지로 '이상한 사람' 같은 걸로 바꿔버리는 거야. '어차피 너에게 있어서의 나는 이상한 사람이지.'와 같은 방식으로.

이단(異端)은 '이상한 것'으로 되겠지.

위선(僞善)은 'C조'로.

정념(情念) 같은 말은 '있는 힘껏 버티기' 정도로 참아줘. '좀 더, 미의식의 안쪽에 있는 인간의 있는 힘껏 버티기가 느껴져야지.'라는 느낌.

왠지 옛날 사람의 이야기에 나오는 대용식 같아서 포만감이나 칼로리가 부족할지 모르겠지만. 현대 사회는 모든 칼로리가 지나치게 높잖아.

가능한 한 쓰레기가 적은 말을 사용하는 편이 뒷정리도 편하고 좋지 않겠어?

뭐, 이것도 나의 '낯'일지도 모르지만. ___ ⓘ

크리스마스 이브이지만 작은 바에 손님은 나와 내 친구, 알지 못하는 여자로 모두 세 명밖에 없었다.

나와 내 친구는 위스키를 마시면서 계속 슈퍼맨의 얘기를 하고 있다. 그런 자세로 하늘을 나는 것은 매우 피곤하지 않을까? 소변을 볼 때 변기가 깨지지는 않을까? 대충 이런 쓸데없는 이야기다.

그 사이에 여자는 계속 성냥개비를 부러뜨리고 있다.

빠직.

빠직.

성냥개비가 다 떨어지자 그녀는 카운터 위의 어항에서 새로운 성냥을 꺼내 다시 그것을 부러뜨리기 시작했다.

빠직.

빠직.

그것은 물론 대단히 큰 소리는 아니었지만 왠지 신경이 쓰이는 소리였다.

빠직.

빠직.

머리가 벗겨진 바텐더도 확실히 그 소리에 동요하고 있었다. 그녀에게 뭐라고 한 마디 할까도 생각했지만 어떻게 말하면 좋을지 그로서는 전혀 알 수 없었다. 성냥개비의 원가가 한 개당 십 엔이라 치고 오십 개를 그녀가 부러뜨렸다 해도 오백 엔, 그 정도라면 나중에 계산할 때 처리할 수 있다. 그렇다면 그걸로 되지 않았나, 라고 그는 생각했다. 특별히 누구에게 피해를 끼치고 있는 것도 아니니까.

빠직.

빠직.

나와 내 친구는 이야기를 멈추고 성냥개비가 부러지는 소리에 귀를 기울였다.

그녀는 멋진 슈트를 입고 있었고, 슈트에 지지 않을 정도로 멋진 얼굴을 하고 있었다. 머리부터 발끝까지 대단할 정도로 돈이 들어가 있다. 적어도 크리스마스 이브날 밤 12시 반에 신주쿠의 바에서 혼자서 성냥개비를 부러뜨리고 있을 만한 타입은 아니다.

"저기요, 아까부터 뭘 하고 있습니까?"

내 친구가 그녀에게 말을 걸었다. 그는 인내심이 강한 여자 헌터로 신주쿠에서는 제법 이름이 알려진 남자다.

그녀는 무시하는 듯한 눈빛으로 우리를 봤다. 비가 개인 후 포장도로에 떨어져 있는 디스코 바의 할인권이라도 보는 것 같은 눈이었다.

"뭘 하고 있냐니요—빠직—성냥개비를—빠직—부러뜨리고 있어요."

"재미있습니까?"

"그건 내—빠직—문제잖아요?"

"하지만 세상에는 좀 더 즐거운 일이 있지 않나요?"

"예를 들면?"

빠직.

"예를 들면……강치의 목을 부러뜨린다던가."

"흐음, 그래서 어디에 강치가 있어요?"

"그거군."

내 친구가 말했다.

"이 근처에 정말 좋은 강치들의 아지트가 있는데, 가보지 않을래요?"

"움직이고 싶지 않아요."

"아쉽네. 강치들이 얼마나 많은데."

"정말?"

"손만 뻗으면 다 잡히는 걸. 팍, 팍, 팍, 팍"

"하지만 강치가 불쌍하잖아요."

"무슨 소리. 강치란 놈은 원래 일 년에 한 번 정도 목 관절을 부러뜨려주지 않으면 잘 성장할 수 없는 거예요. 그러니까 당신도 즐길 수 있고, 강치도 기쁜 일이지."

결국 그녀와 친구는 강치 무리를 구하러 한밤중의 신주쿠에서 사라졌다. 그리고 나와 머리가 벗겨진 바텐더만 남았다.

"세상에는 정말 여러 가지 여자 꼬이는 방법이 있네요."

바텐더가 놀랐다는 듯이 말했다.

"강치라니."

"뭐, 그렇지요."

나는 말했다.

그녀의 테이블 재떨이에는 두 동강이 난 성냥개비가 스페인 종교재판소의 장작 같은 형태로 쌓여 있다. 내가 거기에 불을 붙이자 가게는 크리스마스에 어울리는 기묘한 빛으로 둘러싸였다.

"강치인가."

바텐더는 다시 한 번 한숨을 내쉬었다. _ ⓜ

매트

m a t

제11회 · 전국현관매트 콩쿠르

수상 · 해당작 없음

심사평

M. I 씨

"나도 비록 늙었다고는 하지만 현재 제일선에서 활약하는 젊은 현관매트 작가들의 열정 넘치는 작품에 대해서는 최대한의 이해를 보이려 합니다. 그러나 솔직하게 말하면 최근에 나오는 후보작을 볼 때마다 적지 않은 고통을 느낍니다. 이것은 저의 지병인 요통 때문만은 아닐 것입니다. 저에게 보내진 십만여 장의 현관매트들은 묘하게도 제 마음에 머물지 않는군요.

옛날에는 이러지 않았습니다. 오 년 전만 해도 저는 보내온 현관 매트를 복도에 죽 늘어놓고 아내와 함께 그 위에서 뛰고 구르면서 일주일은 충분히 즐겼습니다. 이 모든 것이 질의 저하라고 말해야 할 것입니다. 해당작이 없다는 것은 타당한 결론입니다.

젊은 제군들의 전통적인 현관 매트의 이미지를 깨고자 하는 새로운 시도를 이해 못하는 바는 아니나, 현관매트에는 역시 현관 매트로서의 정도가 있다는 것을 명심하길 바랍니다."

N. S 씨

"후보작 중 '개미핥기의 하루' 가 가장 제 흥미를 끌었습니다. 현관매트 안에 실제 개미핥기의 주둥이를 짜 넣는 착상은 보통 사람은 쉽게 시도할 수 없을 만한 것이지요. 그런데 왜 개미핥기였을까, 라는 일말의 의문이 남습니다. 사실은 작자 스스로도 잘 모르는 것이 아닐까. 여기에 이 작품의 약점이 있었습니다. 필연성이라는 것은 하루아침에 만들어지는 것이 아닙니다.

'마그리트 풍으로' 역시 이런 범주에 속하는 작품입니다. 외국 작품의 영향을 농도 짙게 반영한 이 작품에 담긴 감성이 과연 작가의 독창적인 것이라고 말해도 좋은 것일까. 또한 기술적으로도 여유가 없습니다. 이렇게 입체적이고 역설적인 현관매트를 만든 작가의 비할 수 없는 노력에 대해 나는 경의를 표하는 바입니다. 그러나 왜 손님이 현관 앞에서 지면을 빙글빙글 3회전을 하면서 발을 닦아야 하는지 저에게는 도저히 이해가 가지 않습니다.

하지만 위와 같은 이유에도 불구하고 저는 이 두 작품에서 무한한 발전을 예감하게 하는 뭔가를 느꼈습니다. 아쉽게도 다른 심사위원들의 강한 반대로 가작입선은 안 됐지만 두 사람이 앞으로 더욱 활발한 활동을 하기를 기원합니다."

M. T 씨

"3개월에 걸친 프랑스 시찰 여행 때문에 후보작에 눈 돌릴 시간도 없이 심사회로 향했습니다. 한번 훑어보니 그다지 유심히 볼만한 것이 없다고 판단했기 때문입니다. 건방지다고 얘기할지도 모르지만 저 역시 이 분야에서 30년 동안 밥벌이를 해온 인간이기 때문에 그 정도는 척보면 압니다. 빙산과 빙수의 차이 정도는 구분할 수 있습니다.

이번에 저는 프랑스 각지를 돌아보며 그들에게 있어서 현관 매트가 높은 사회적 지위를 차지하고 있음에 깊은 감명을 받았습니다. 단순히 전통의 무게라고 여길 수도 있지만, 그런 전통을 받쳐주는 것은 누가 뭐래도 사람들이 현관 매트에 대해 갖는 애정과 의지입니다. 그에 비해, 라고 저는 말하고 싶지는 않습니다만, 2층 건물의 현관매트나 암호 표기의 현관매트, 강치

형태를 한 현관 매트 들은 아무래도 제 발에는 익숙해지지 않습니다.

저는 이렇게 고루한 매트들의 장래에 대해 비관적인 생각을 가지지 않을 수 없습니다.

K. H 씨

"이번 후보 작품들 모두 즐겁게 보았습니다. 어려운 내용까지는 잘 모르겠지만 역시 창의적인 노력이 담겨 있는 작품이 많아 저 같은 사람은 그저 연신 감탄사만 내뱉었습니다.

그 중에서도 '하나마키 마을의 편지'는 여성 특유의 섬세한 정서를 담은 작품으로 현관매트의 자연주의가 아직 쇠퇴하지 않음을 강하게 어필했습니다. 정원의 향기, 소박한 사람들의 모습, 사랑스러운 소와 말, 가지가 휠 만큼 주렁주렁 열매가 달린 논밭 등 안정되고 평안한 그림의 구성은 훌륭하다는 말 밖에 할 수 없습니다. 발을 닦기에는 너무 아깝다는 생각마저 듭니다.

심사위원 중에는 이 작품이 같은 작가가 작년에 출품한 '하나마키 마을의 축제'와 거의 같지 않은가, 라는 의견도 있었지만 평범한 농촌의 일상 속에서 화젯거리를 찾은 작가의 창작 태도를 저는 칭찬하고 싶습니다.

그럼 다음번 '하나마키 마을 시리즈'를 기대하겠습니다." (도착순) __ ⓜ

두더지에게 미러볼을 주었다. 답례로 선글라스를 받았지만 디자인이 촌스러워서 평상시에는 책상 서랍 속에 넣어 놓는다. 그들은 야외 활동용 복장이 최고라고 생각하는 것 같다.

때때로 한밤중에 정원의 풀숲에서 빛줄기가 몇 개 날아들 때가 있다. 그런 밤에는 워크맨의 헤드폰을 땅 속에 묻어서 파티를 더욱 성대하게 해준다.

내가 너무 두더지에게 친절하게 굴자 여자친구가 불평을 했다.

"내가 처녀가 아닌 게 그렇게 마음에 걸렸어?"

"아니. 이 근처의 두더지는 모두 이미 처녀막을 잃었어."

그저 서로간의 호의만 가진 교제는 성립할 수 없는 것일까? 여자친구는 나와 두더지의 성적인 관계를 의심하고 있다. ___①

캔 맥주를 갖고 야외음악회에 갔더니 거기서 또 다시 코끼리와 만났다. 지하철에서 하이힐을 신고 베스트셀러 소설을 읽고 있던 코끼리다.

코끼리는 로라 아슈레이의 가게에서 산 것처럼 보이는 멋진 원피스를 입고, 대형 선글라스를 이마 위에 걸쳐두고 있다. 그리고 역시 높은 힐의 하얀 에나멜 샌들을 신고 있다.

"안녕하세요."

나는 스쳐 지나며 잠깐 말을 걸어 보았다. 특별히 말을 걸 필요는 없었지만 코끼리가 매우 불편한 듯 그쪽을 어슬렁거리고 있었기 때문에 -자신의 덩치를 신경 쓰고 있었을 것이다- 왠지 가여웠다.

"어머, 안녕하세요."

그녀 역시 나를 기억해내 빙긋 웃으며 대답을 건넸다. 손에 들고 있던 프로그램으로 팔락팔락 얼굴에 부채질을 한 그녀는 의미 없이 고개를 갸우뚱거렸다.

"모차르트를 좋아하시나요?"

나는 물어 보았다.

"네, 아주 좋아해요. 조용히 모차르트를 듣고 있으면 왠지 몸이 투명해지는 것 같거든요."

그녀는 말을 마치고는 얼굴을 조금 붉혔다. 분명 코끼리의 몸이 투명해지는 것은 우스꽝스럽지 않을까 불안해졌을 것이다.

"당신은 모차르트를 좋아해요?"

"아니요, 뭐든 상관없습니다. 밤에 맥주를 마시면서 야외에서 좋은 음악을 들을 수 있다면."

나는 맥주 6개짜리 팩을 들어 보여주었다.

"그러네요. 매우 기분 좋은 밤이에요."

"하나 드실래요?"

"아니요, 괜찮아요."

코끼리는 아쉽다는 듯 고개를 저었다. 그녀가 목을 돌리자 양쪽의 귀가 매우 귀엽게 흔들렸다.

"그게 그러니까…, 사람들이 많아 복잡해지면 화장실에 가는 길을 비켜달라고 부탁해야 하잖아요."

"흠."

하고 나는 말했다. 코끼리로 살아가는 것은 꽤나 귀찮은 일이다. 화장실에 서 있을 때 누군가의 다리를 밟기라도 한다면 "아, 정말 죄송합니다."로 끝나지 않는다.

나는 내 자리로 돌아가 혼자서 맥주를 마시면서 모차르트의 d단조 심포니를 들었다. 그리고 음악에 맞춰 그녀의 귀가 펄럭펄럭 흔들리는 모습을 상상했다. __ ⓜ

도덕

moral

도라에몽의 문신을 새긴 야쿠자와 유지매미의 귀걸이를 건 은행원이 파출소 앞에서 말싸움을 시작했다.

스트리퍼의 분장을 한 경관은 허리를 회전시키면서 경봉을 빼들었지만 뭐에 대해 설전을 벌이고 있는지에 흥미가 생겨 두 사람 사이에 끼어들었다.

아버지와 어머니 중 어느 쪽을 소중하게 해야 할 것인가. 이것이 테마인 것 같았다.

"난 어머니와 아버지 양쪽을 모두 소중히 하고 있지."

스트리퍼 모습의 경관은 자랑스럽게 이야기했다.

"쳇, 그렇게 말하는 남자들이 꼭 아내를 개패 듯이 패며 살지."

은행원이 거칠게 말했다.

"바람도 필 걸."

야쿠자도 말했다.

"뭐 어때, 한번 정도는 괜찮잖아."

경관은 아이처럼 입을 삐죽거렸다.

"나 같으면 절대 그런 짓은 하지 않아!"

은행원은 펄쩍 뛰며 말했다.

"나 역시 한 번도 하지 않았어!"

야쿠자도 열을 올렸다.

경관은 춤을 추면서 파출소로 들어가 버렸다. ___ ⓘ

라크

lark

물론 강치 축제는 그렇게 간단히 개최할 수 있는 것이 아니다.

강치 축제에 있어서 가장 중요한 부분은 축제를 개최할 때까지의 과정이라고 말해도 과언은 아닐 것이다. 축제 자체는 물론 화려하기는 하지만 그것은 이른바 연속한 행위의 하나의 귀결에 지나지 않아, 강치가 스스로 강치라는 자주성을 강하게 의식해 확인하는 것은 오히려 행위의 연속성의 가운데 있는 것이다.

복잡한 얘기네.

구체적으로 말하자면 강치축제를 열기 위해서는 모든 강치의 2/3의 찬성과 장로 강치의 승인을 필요로 한다. 그렇다고는 해도 강치는 원래 축제를 좋아하는 동물이기 때문에 대단한 수고가 필요하지는 않다. 요컨대 누군가가 '강치 축제를 하자' 라고 말하면 대개는 '해야지, 해야지.'라고 말한다. 실제로 이야기의 진행이 무척 빠르다.

　중요한 것은 그 후부터다. 누가 간사를 할 것인가를 두고 강치들 사이에 싸움이 일어난다.

　한 가지 언급해 둘 것은 강치는 사실 성실하고 정직한 동물이다. 게다가 겸허하고, 배려도 깊고, 남에게 강요하는 일이 없다. 그래서 강치는 마작을 해도 자신의 득점을 곧 작게 속이려 한다. "음, 그러니까 리치, 핑후, 단야오 3900이네요."라며 곧 패를 무너뜨리려 한다. 하지만 다른 세 명이 다가와서 조사해 보고는 "뭐야, 봐 봐. 여기 이렇게 현상패가 한 장 있잖아. 만관이야, 만관."이라며 들통나버린다. 이런 성격의 사람은 우선 작가는 될 수 없다.

　이런 형국이니 간사 하나 결정하는 데에도 이틀 정도는 걸린다. 모두 간사가 되는 것을 싫어하는 것은 아니지만 스스로 '그럼 내가 할까요?'라고 나서지 않는다. 그렇다면 사다리타기라도 하면 좋지만, 아쉽게도 강치의 세계에 제비뽑기라는 개념이 존재하지 않는다. 건망증이 심한 동물이기 때문에 차례대로 돌아가며 하는 것도 불가능하다.

　어찌할 방도가 없다.

　그래서 어떻게 하는가 하면, 어떻게도 하지 않는다. 모두 동그랗게 선 채 조용히 침묵을 지키고 있다.

·····················

·····················

·····················

그러다 해가 지고 한밤중이 되면 장로 강치가 일어서서 "자, 나머지는 내일 합시다."라고 말한다. 모두 "응, 응."하며 빨간 눈을 하고 집으로 돌아간다. 그리고 해가 뜨면 또 다시

·····················

가 계속되는 것이다.

강치는 인내심이 강한 동물로 그냥 두면 몇 주간 계속

·····················

을 하고 있다. 그러나 계속 이것만 하고 있으면 당연히 배가 고파서 모두 죽어 버리기 때문에 장로 강치가 적당한 시기를 계산한 후, 자리에서 일어나서 쭈뼛쭈뼛 입을 연다.

"아무래도 이대로 뒀다가는 결정이 될 것 같지 않네. 주제넘다고 생각할지 모르지만 내가 결정해도 되겠나?"

찬성, 찬성, 찬성 하고 강치들은 여기저기서 외친다. 강치들은 이 순간만을 간절히 기다리고 있었다.

"음, 그럼……"

장로 강치는 아픈 위를 진정시키며 둘러본다.

"남쪽 바위의 톰보. 자네가 한 번 해보겠나?"

"해도 상관은 없습니다만……"

톰보가 얼굴을 붉히며 일어섰다.

"저 같은 놈이 해도 괜찮을까요? 저는 마작도 잘 못하고……."

하지만 남쪽바위의 톰보가 결국은 간사를 하게 되었다. 왜냐하면 강치들은 모두 처음부터 남쪽바위의 톰보가 간사를 할 것이라고 예상하고 있었기 때문이다. 그런 연유로 강치들은 각각 데자뷰적 만족감을 안고 귀로에 오르는 것이다.

이렇게 해서 강치 축제는 본격적으로 움직이기 시작한다. 간사가 해야 할 일은 산더미처럼 많다. 우선 회장의 확보, 술과 안주의 배달, 장기자랑의 순번, 장로의 인사말, 간이식당의 준비, 예산의 분배… 등 끝이 없다. 이것을 다 혼자 해야 한다. 바다에 전갱이를 잡으러 갈 여유 따위는 전혀 없기 때문에 다른 강치들이 간사를 위해 물고기를 잡아서 가져온다. 그것도 강치들은 스스로 먹을 양까지 모두 가져오기 때문에 간사의 집은 당연히 물고기로 넘쳐나게 된다.

그뿐이라면 그나마 나은 편이다.

밤이 되면 귀여운 젊은 여자애들이 모두 간사의 침대로 기어들어온다.

"엄마가 간사님을 위로해 드려야 한다고 했어요."와 같은 상황이다.

이런 일이 하룻밤에 스무 번이나 되풀이 되기 때문에 아무리 강치가 터프하다고 해도 상당히 힘들다. 하지만 그렇다고 일부러 찾아와 준 것을 매정하게 거절할 수는 없다. 낮에는 산더미 같은 잡무를 보고, 밤에는 배가 터지기 직전까지 물고기를 먹고, 스무 번의 섹스를 하는 것이 간사의 임무다. 그럼에도 강치는 싱글벙글 웃어야만 한다. 그것이 강치의 숙명이다.

이렇게 일주일 정도가 지난 후에야 회장이 확보되고, 예산이 배분되고, 술과 안주의 준비가 완료되어 프로그램이 작성되었다.

그러나 그것으로 강치축제가 곧 열리는 것은 아니다. 집회가 열리고 축제의 준비가 정리되었다고 인정받으면 그때부터 '강치결의'라는 양식이 행해진다. 이것은 강치들이 우리들은 강치로서 강치 이외의 아무것도 아니다, 라는 사실을 확인하는 양식이다.

글로 정리해 놓으면 무척 간단해 보이지만 실제는 꽤나 어렵다. 우선 '강치란 무엇인가' '강치적이란 무엇인가'와 같은 정의의 확립이 필요하기 때문이다. 그러나 강치는 본질적으로는 되는 대로 하자는 주의의 동물이기 때문에 그런 것은 적당히 넘겨버린다.

모든 강치가 한 마리씩 순서대로 단상에 서서 자신은 어떻게 해서 강치로서 살아가고 있는지, 그리고 어떻게 강치라는 점을 인식하는지 설명하고, 앞으로도 쭉 강치로서 살아가는 것에 대한 포부를 밝히면, 그것을 다른 강치들이 박수로 승인하는 것이다.

이것은 화기애애하게 행해진다. 단상에 선 강치가 모두에게 야유를 당하는 일도 가끔은 있지만 박수만큼은 항상 빠지지 않는다. 가끔 불시에 참가한 돌고래가 "나는 은유적인 강치입니다."라는 말을 해서 회장을 혼란시키는 일도 있다. 어디까지나 강치는 강치인 것이다.

어떻게 하다 보니 여기까지 써버렸지만 잘 생각해 보면 이 이야기는 외국어와 전혀 관계가 없다. 그저 강치에 대한 것을 쓰고 싶었을 뿐이다.

이 항목의 타이틀이 '라크'인 것은 친한 형이 홍콩 토산품이라며 보내준 '라크'를 피면서 이 원고를 썼기 때문이다.

덧붙여서 그는 홍콩에서 돌아오는 길에 대만에 들려 비행기를 탔는데, 그가 탄 비행기의 바로 앞 비행기가 추락 사고가 났다. 만약 그 순번이 바뀌었다면 나는 지금쯤 하이라이트를 피고 있었을 것이다. 인생이란 참 불가사의하다. __ ⓜ

연애편지
love letter

나는 다 쓴 편지를 다시 한 번 쭉 읽어본 후 책상 위에서 탁탁 모서리를 맞춰 편지봉투에 넣었다. 그리고 풀로 확실하게 봉인했다.

봉인을 한 직후 언제나처럼 중요한 뭔가를 빼먹은 건 아닌지 불안감이 덮쳐왔지만 결국 그대로 보내기로 했다. 아무리 다시 읽고, 다시 써도 봉인을 하고 나면 늘 불안하다. 몇 번을 해도 마찬가지다.

나는 한숨을 쉬고는 책상 위의 방울을 손에 들고 딸랑딸랑 흔들었다. 여느 때처럼 난로에서 거미원숭이가 얼굴을 내밀었다.

"우편물을 또 부탁하고 싶어."

나는 거미원숭이에게 말했다.

"받는 사람은 항상 보내던 곳. 중요한 편지니까 잃어버리거나 더럽히지 않도록 해. 무사히 보내서 답장이 오면 비스킷 3개 줄게."

　그리고 나는 거미원숭이의 턱을 잡아내려 주머니 속에 편지를 넣고는, 입의 단추를 확실하게 채웠다. 이걸로 됐다. 이제 남은 건 그저 답장을 기다리는 것뿐이다.

　"출발해! 거미원숭이!"

　내가 소리치자 거미원숭이는 슥 몸을 뒤집어 난로 안으로 사라졌다. 그 뒤에는 깊은 밤의 정적만이 남아 있었다.

　나는 잠시 동안 책상 위에서 팔꿈치로 턱을 괸 채 상상에 빠져들다가, 다시 한 번 방울을 손에 들고 세 번 흔들었다. 난로 안쪽에서 이번에는 긴팔원숭이가 얼굴을 내밀었고 나는 와인을 방으로 가져오게 했다. 밤은 길고, 답장을 기다리는 일은 괴롭기만 하다. ＿ⓜ

last scene

소울메이트

260
261

최근의 라스트 씬은 지나치게 얽혀있어 조금도 '아아 끝
났다, 끝났어.' 라는 기분이 들지 않아 개운치 않다.

그런 점에서 100퍼센트 안심해도 되는 것이 시대극이다.

배경에는 싱글벙글 웃는 얼굴로 화면 전체 및 스토리를 굽어
보며 '일일시호일(日日是好日: 날마다 좋은 날)' 처럼 세상을 격려
해 주는 후지산이 있다.

자못 원근법 같은 구도로 중앙에 외길이 있고, 주인공을 선두
로 소실점으로 향하고 있다. 그 옆에는 사미센을 타면서 문전
구걸을 하는 여자와 소년(약간 소심해 보이는)이 약간 빠른 발걸
음으로 걷고 있다. 그리고 관객석의 옆에서 '한 시간 반 동안에
악에서 선으로 대전환을 이룬 본성은 착한 소매치기' 가 망토를
휘날리며 쫓는다.

"기다려. 나도 같이 가자고."

그 목소리의 주인공을 놀리듯 종종 걸음으로 도망가는 흉내를 내는 주인공들. 서로 얼굴을 마주보며 크게 웃는다.

이거지요. 이게 바로 정석 아니겠습니까? ＿ ⓘ

점심
l u n c h

세계의 위인전을 보러 갔다.

회장은 이미 만원으로 입구에서 인원 초과라며 입장권 발매를 중지하고 있었다.

얼마나 기다려야 될까요?"

나는 접수원에게 물어 보았다.

"글쎄요. 개장과 동시에 몇 만 명의 입장객이 들어가니까 관장님이 어쨌든 입장권 발매를 중지하라고 하셨어요. 그 후로는 전혀 모르겠네요."

검은 커튼이 문 바깥쪽에 쳐져 있고, 안에서는 사람들이 밀리는지 가끔씩 쿵쿵거렸다.

"꽉 차있군요, 회장이."

"저희는 잘 모르겠어요."

접수원은 아르바이트 학생들과 하나가 되어 남성과 여성의 의류를 접어서 종이 상자에 정리하고 있다.

"뭘 하고 있습니까?"

"손님들이 옷을 모두 벗어버렸어요. 순식간에 입장하나 싶더니, 순식간에 옷과 가방을 산더미처럼 옮겨와서 저희도 깜짝 놀랐어요."

"개장과 동시에 그렇게 되었단 말입니까?"

"네, 저희도 정말 곤란한 지경이에요."

얼굴에 거만함이 가득한 중년 남자가 어수선하게 달려왔다.

"죽여 버려. 다 죽이라고 지금 의회에서 결정 났어."

접수원 여자는 입을 반만 벌린 채 상사의 명령을 확인했다.

"죽이라고요?"

어른스러운 아가씨였지만 의외로 표정이 담담하다. 좀 더 놀란 표정을 지어도 좋을 텐데.

"가스를 집어넣어. 거기에 불을 붙이면 되니까."

중년 남자는 귀찮은 듯 그 말만 하고는 바쁘게 계단을 내려갔다.

"곧 폭발할 테니 어서 돌아가세요."

"당신은?"

"아마 폭발로 죽겠지요."

어떻게 그렇게 편한 얼굴로 그런 말을 할 수 있을까.

"이거, 유품으로 드릴게요."

접수원 여자는 순식간에 브래지어를 풀러, 내 머리 위에 얹었다. 여자 냄새가 났다.

"여기에 취직하고 싶지 않았어요. 저, 사람을 죽이는 것도 좋아하지 않고……."

"뭐하는 곳인가, 여기는?"

무슨 일이 일어나고 있는지 나는 잘 이해할 수 없다.

"특별히 죽이고 싶지 않다면 이 일을 그만두면 되잖아? 여기는 이대로 두고 나가자, 나랑."

"하지만 처음 만난 분과……."

"그럼 몇 만 명이나 되는 인간을 가스 폭발로 살해하고 당신도 죽고, 그래도 좋다는 거야?"

"저도 잘 모르겠어요. 저에게는 가족도 있고, 사귀어 볼까 하는 사람도 있어요. 내일은 영화를 보러 갈 예정으로 티켓도 사두었고."

아까 그 남자가 다시 뛰어왔다.

"난 성질이 급해. 빨리 하지 않으면 자네는 해고야!"

"네, 바로 하겠습니다."

나는 그녀의 얼굴이 너무나 성실해 보여서 무서워졌다.

"정말 할 거야?"

"네, 빨리 하지 않으면 잘리는 걸요. 위험하니까 10분 이내에

이 건물에서 탈출해 주세요."

나는 그녀의 브래지어를 쥐고 쏜살같이 뛰어 나갔다.

대폭발은 얼마 후 현실로 일어났고, 큰 음향으로 내 귀는 이상해져 버렸다.

통행인들은 모두들 '대단하네' 라든가 '저쪽의 방식은 약간 이상해' 라며 투덜거리고는 하늘을 검게 물들인 매연을 바라봤다.

아까의 중년남성과 닮은 남자가 내 옆을 지나쳤다.

"이 근처에는 싸고 맛있는 런치 서비스가 없다니까."

식사를 하러 가는 것 같다. ＿ ⓘ

run away

가출을 성공시키기 위해 필요한 조건은 우선 '내가 지금부터 가출을 한다' 라는 자각을 갖는 것입니다.

그것이 없다면 아프리카에 가든, 남극에 가든 단순한 여행자로 보입니다.

또한 이 자각은 어디까지나 '자신이 하는 것이다' 라는 인식에 근거하고 있어야 합니다. 타인이 가출을 해도 당신의 가출이 되지는 않습니다. 그것은 반대로 이미 가출에 성공한 타인이 당신에게 '권리를 양도한다' 라고 말해줘도 성립하지 않는 것이지요. 가출을 했다고 인정해 주는 사람이 없는 한 당신이 기껏 가출을 해도 그건 가출이 될 수 없습니다.

다음으로 가출을 하기 위해서는 집이 필요합니다. 이것은 정원이 있는지, 신축인지 혹은 오래된 건물인지, 역에서 몇 분 정도인지 등의 요소와는 별개로 그것이 빌린 집일지라도 전혀 상관없습니다. 단지 동거하고 있는 사람이 없으면 가출은 야반도주가 되어버리기 때문에 그 점 역시 신경을 써야만 합니다.

가출을 하는데 적당한 거리는 집에서 2미터 이상이라면 어느 곳이든 상관이 없다고 합니다. 그 이하의 거리라면 가출에 성공해도 의외로 곧 발각됩니다.

동기에 집착해 좀처럼 실행에 옮기지 못하는 사람도 있는데 그럴 때에는 '가출의 동기를 찾을 수 없는 것을 괴로워해서'라는 식으로 생각을 한 걸음 전진시켜 보는 것을 권합니다.

가출의 소지품에 특별한 규칙은 없습니다. 단지 도중에 코를 풀고 싶어지거나 대변을 보고 싶어질 때 휴지가 없으면 곤란할 테니 휴지를 갖고 가는 편이 좋겠지요. 우산이나 도시락, 물통 등은 각자의 판단으로 결정할 수밖에 없습니다. 또한 현금은 비상시에 도움이 되기 때문에 싫지 않다면 소지품 리스트에 넣어도 좋다고 생각합니다.

교통수단도 특별히 한정하지 않는 쪽이 좋겠지요. 순행열차를 규범적인 수단이라고 느끼는 것은 자유지만 그런 것에 너무 집착하면 풋워크가 나빠집니다.

가출과 자살의 관계를 중요시하는 사람도 있습니다. 그러나 자살에 한 번 성공하면 다음번의 가출이 불가능해지기 때문에 가능하다면 그만 두는 편이 좋습니다. 또한 자살은 집에 있어도 간단히 가능하기 때문에 일부러 밖으로 나갈 필요도 없겠지요.

가출과 매춘, 가출과 마약은 꽤 깊은 관계를 갖고 있습니다. 그러나 둘 다 "가출한 사람이니까 괜찮아"라는 논리는 성립되지 않는 것 같습니다.

마지막으로 가출해서 외박을 하면 집에 있는 사람들이 걱정하니 그런 짓은 절대 하지 맙시다. __ ⓘ

우비

rain coat

바람이 부는 밤에는 피가 끓어 가만히 있을 수 없다.

샐러리맨은 잔업을 거부하고 전차를 타고 집으로 향한다. 바에는 손님이 없다. 택시는 자포자기했는지 스피드를 내고 있다.

가로수가 평상시의 울분을 풀기라도 하는지 바스락바스락 흔들린다.

스쿠터와 자전거 두 대가 주인이 두고 가버렸는지 비를 흠뻑 맞고 있다.

블라인드를 완전히 올려 밖의 경치를 전망할 수 있게 해두면, 어설픈 영화보다 훨씬 재미있는 화면이 방의 분위기를 띄워 준다.

이런 밤에는 양산은 도움이 되지 않는다. 옆에서 때리 듯 들이치는 비로 홀딱 젖어 버릴 것이다.

그냥 켜 놓은 텔레비전에 종종 자막이 흐른다. 하얀 문자의 행렬이 바람의 행방을 따라 재잘거리고 있다.

이런 밤, 방에서 조용히 있는 여자와는 만나고 싶지 않다.

영업이 끝난 담뱃가게의 빨간 공중전화 앞에 서서 젖은 손으로 동전을 집어넣는 여자가 훨씬 매력적이다.

멋지게 전화가 울렸다.

"근처야. 만날 시간 있어?"

"있어, 어디든 가자."

남성용 얄팍한 레인코트를 입고 한손에 종이봉투를 안은 여자가 부저도 누르지 않고 들어왔다.

"비는 대단하지 않아. 바람으로 겁을 주고 있을 뿐이야. 이 태풍은."

"그 종이봉투는 뭐야?"

"오렌지랑."

"촌스럽기는. 그리고 또 뭐?"

"상자에 담긴 레인코트가 한 다스."

"여고생 같은 말투네."

결국 우리는 뜨거운 샤워를 하고 뜨겁게 서로를 탐닉했다.

"어디에도 가지 못했네. 다른 사람들처럼."

"가려고 하긴 했어."

자고 일어나 눈을 뜨니, 커다란 창문 밖에 그보다 더 파란 작은 새가 짹짹 울고 있다.

"밝아. 거짓말 같아."

"어젯밤에 너무 열심히 해서 눈이 부신 거야."

"포르노!"

날씨가 이렇게 개이면 기분도 바뀌어 버린다.

"그럼 다시 태풍 오는 밤에 만날까?"

"맑게 갠 오후는 안 된다는 거야?"

"부끄럽잖아."

매일 밤 태풍이 오면 나는 이 여자와 계속 생활하고 있을까.

하지만 왠지 가끔씩 밖에 오지 않는다.

"나쁜 남자. 우유 한잔 마시고 일하러 갈 거지?"

"어떻게 알았어?"

"그럴 거 같았어. 나도 그러니까."

눅눅해져 무거워진 조간을 읽으면서 그녀가 머리를 다시 묶었다.

어른이란 정말 별로다. __ ⓘ

왐!

W h a m !

원고를 쓰고 있는 도중에 잉크가 떨어져서 새로운 잉크 병을 찾아보았지만 결국 한 개도 발견하지 못했다.

이런, 이런. 나는 한숨을 쉬었다. 좀 더 주의를 기울였어야 하는데. 잉크가 떨어진다는 것은 석유나 설탕이 떨어지는 것과는 차원이 다르다. 나는 잠시 머리를 긁적이다 언제나처럼 전화번호를 눌렀다.

전화기를 통해 들려온 목소리는 왠지 마음에 들지 않는 여자 아이였다.

"음, 그러니까, 지금 아무도 없는데요."

그녀는 말끝에 우물우물 뭔가를 씹으면서 말했다.

"급한 일인데."

나는 말했다.

"무슨 일이 있어도 오늘밤까지 마감을 해야만 하는 소설인데 도중에 잉크가 다 떨어졌어. 자네도 알겠지만, 다른 잉크로는 한 줄도 쓸 수 없어, 그게 필요하다고. 한 시간 안에 어떻게든 해줬으면 좋겠어. 알겠지?"

"하지만."

여자가 물인지 주스인지 커피인지 무언가 마시던 것을 꿀떡하고 삼켰다.

"정말 아무도 없어요. 모두 외출중이에요."

"그런 얘기해봤자 곤란해. 여긴 사활이 걸린 문제야. 한 시간 이내에 누구라도 좋으니까 보내줘."

"누구라도 좋다고 해도……."

여자가 말했지만 나는 다음 말을 듣지 않고 그냥 전화를 끊었다. 잉크가 떨어지면 나는 굉장히 불안해진다.

한 시간 후에 현관 벨이 딩동, 하고 울렸다. 나가 보니 집 앞에는 하늘거리는 원피스를 입은 20세 전후의 여자가 서 있었다. 그녀는 분위기와 잘 어울리지 않는 검은 플라스틱 서류 가방을 들고 있다.

"아무도 없어서 제가 와버렸어요."

그 여자가 말했다.

"그런데 말이지, 자네 잉크는 조합할 수 있나?"

나는 물었다.

"해본 적은 없지만 재료와 장비는 있으니까. 어떻게든 되지 않을까……후훗……생각해요."

망했다, 망했어. 나는 머리를 싸안았다. 커스텀 메이드 잉크의 조합은 매우 미묘한 작업으로 밸런스가 약간이라도 맞지 않으면 문체가 완전히 바뀌어버리기도 한다. 그런 것이 아르바이트 여대생에게 가능할 리가 없다.

하지만 그녀는 그런 사정은 알 바 없다는 듯 부엌으로 들어가 냄비에 물을 담고 가스레인지 위에 올렸다. 그리고 비커에 나름의 분량으로 원액을 붓고는 유리봉으로 달그락달그락 저으면서 왬!의 노래를 불렀다.

Wake me up
before you go go…… _ ⓜ

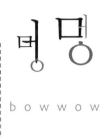

강아지의 코만을 모으는 남자가 있다.

"이것은 14만 엔짜리 시츄견의 것으로 코만 8만 엔입니다."

"강력한 고무 같은 느낌이네요."

"저는 개에게서 직접 얻기 때문에 살아 있는 코를 채집할 수 있습니다."

"그 8만 엔이란 돈은 누구에게 내나요?"

"개에게 줍니다. 도그 푸드로 계산해서 그 개 주인의 증명을 받고 매일 먹게 하는 거지요."

"은밀히 하는 건가요? 위험하네요."

"개가 짖지 않으니까, 기르는 주인은 눈치 채지 못합니다."

"그럼 그 강아지는 코가 없습니까?"

"가짜 코를 붙이고 있으니, 있다고 볼 수도 있지요."

"이쪽은?"

"지금 보여드린 것 이외의 것은 모두 강아지가 이미 죽어버렸기 때문에 그저 코라고 밖에 말씀드릴 수가 없네요."

"코는 뭔가를 먹고 있습니까?"

"아니요, 전혀. 가끔씩 물로 적셔줄 뿐입니다."

"신기하네요. 움직이기도 하는군요."

"씰룩씰룩 정도. 귀엽지요?"

어제 그가 방문해서는 컬렉션을 전부 양도하겠다고 했다. 그러나 막대한 금액이기에 거절했다. ＿ ⓘ

Soul
Mate

타인의 꿈에 내가 등장한다면 기뻐해야 할까? 아니면 손해를 봤다고 생각해야 할까? 지금은 꽤 익숙해졌지만, 나는 종종 다른 사람의 꿈에 등장한다. 꿈 정도 내 도움을 빌릴 생각 말고 혼자의 힘으로 완성시키라고 말해 보지만, 본인 이외에 아무도 나오지 않는 꿈은 너무 빈약해서 왠지 그런 것을 타인에게 보이면 죄송스러울 것 같은 기분도 든다.

나(이토이입니다, 무라카미가 아니라)의 아이덴티티가 적은 것은 어쩌면 타인의 꿈에서 그것을 모두 흡수당하고 있기 때문일지도 모른다.

여러 사람의 꿈에 등장하다 보니 사람들이 모두 잠든 시간이 내게는 무척 바쁜 시간이다. 매일 아침 눈을 뜰 때면 너무 피곤한 나머지 완전히 녹초가 되어 축 늘어져 버린다.

제멋대로 활동하는 타입과 거리가 먼 나는 꿈을 꿀 때 타인의 도움을 필요로 하지 않는다. 그뿐 아니라 남에게 폐를 끼쳐서는 안 된다는 생각에 꿈조차 꾸지 않으려고 노력한다.

그럼에도 불구하고 가끔 꿈을 꿀 때 등장하는 사람은 대개 나에게 협조적인 사람일 경우가 많다. 내가 가끔 제멋대로 내 꿈에 나와 주기를 바라는 사람이 있지만 그들이 나오지 않는 걸 보면, 그들은 나의 바람을 거부하는 확고한 의지를 갖고 있는 것 같다.

정리해 보면 나는 희미한 존재도 의지가 약한 자도 아니다. 제멋대로 사는 사람도 아니다. 그런 나의 단 한 가지 소원이 있다면 그런 나를 사랑해 달라는 것이다.

무라카미 하루키의 머리말을 읽고 난 후 바로 내가 쓴 이 후기를 읽는, 그런 친절을 나는 바란다. 그렇게만 해 준다면 나는 당신의 꿈에 기쁘게 등장할 것이다. 장작패기나 목욕탕의 걸레질은 물론, 살해를 당해도 욕설을 들어도 심지어 섹스조차 괜찮다.

무라카미 하루키도 나도 이제 꽤 성숙해졌다.

이토이 시게사토